Jutta Wilke
Dornenherz

Bibliografische Information der Deutschen Nationalbibliothek: Die Deutsche Nationalbibliothek verzeichnet diese Publikation in der Deutschen Nationalbibliografie; detaillierte bibliografische Daten sind im Internet über http://dnb.dnb.de abrufbar.

2014 erstmals erschienen im Coppenrath Verlag, Münster.
Die Ausgabe 2024 ist leicht überarbeitet.

Verlag: BoD · Books on Demand GmbH, In de Tarpen 42,
22848 Norderstedt
Druck: Libri Plureos GmbH, Friedensallee 273, 22763 Hamburg
ISBN: 978-3-8370-7771-1

Jutta Wilke

Dornenherz

Jedem Ende wohnt ein Anfang inne

Die beiden Kinder hatten einander so lieb,
daß sie sich immer an den Händen faßten,
so oft sie zusammen ausgingen;
und wenn Schneeweißchen sagte:
»Wir wollen uns nicht verlassen«,
so antwortete Rosenrot:
»Solange wir leben, nicht«,
und die Mutter setzte hinzu:
»Was das eine hat,
soll's mit dem andern teilen.«

(*Schneeweißchen und Rosenrot, Brüder Grimm*)

Heute vor einem Jahr habe ich gelernt, dass man sterben kann, ohne tot zu sein.

Obwohl ich in sicherer Entfernung stand, das offene Grab nur von Weitem sah, fühlte ich, wie die feuchte Erde mich nach und nach einhüllte. Wie ich nach und nach unter ihr verschwand und mit mir meine Träume, meine Sehnsüchte, meine Wünsche.

Heute vor einem Jahr haben sie meine Schwester begraben. Und mich gleich dazu.

Warum blühst du so traurig
im Garten allein?
Sollst im Tod mit den Schwestern
vereinigt sein.
Drum pflück ich, o Rose,
vom Stamme dich ab.
Sollst ruhen mir am Herzen
und mit mir im Grab.

(Friedrich Wilhelm Riese, 1805-1879)

Ich starre in den Spiegel.

Ich sehe ein Gesicht, sehe Augen, eine Nase, einen Mund.

Ich sehe schulterlanges Haar, nehme eine Strähne, ziehe sie vom Kopf weg.

Die Schere in meiner Hand zittert.

Als ich schneide, wundere ich mich, dass ich nichts spüre. Die Haare fallen lautlos auf den Boden und ich greife die nächste Strähne. Jetzt fühle ich mich schon sicherer.

Die Schere liegt ruhig in meiner Hand.

Strähne für Strähne schneide ich ab, ganz langsam, und mit jedem Schnitt verblasse ich mehr. Mit jedem Haar, das hinunterfällt, existiere ich weniger.

Ich merke, wie die Angst wieder von mir Besitz ergreifen will, wie sie aufsteigt wie ein Schatten, der alles verschlingt, der mich ins Dunkel stürzt, der mich gefangen hält, mir die Luft abschnürt, bis ich nichts mehr sehen, nichts mehr hören, nichts mehr fühlen kann. Nichts außer dieser dunklen schwarzen Leere.

Bis ich *mich* nicht mehr fühlen kann.

Ich schneide schneller, schneide an gegen die Angst, will fertig sein, bevor ihre Schatten mich wieder eingeholt haben, diesmal sollen sie mich nicht kriegen.

»Anna, warum hast du denn abgeschlossen?!«

Ich fahre zusammen.

Fast hätte die Schere mich verletzt.

Meine Mutter rüttelt an der Türklinke.

»Bist du fertig? Wir müssen los.«

Ich blicke in den Spiegel und sehe Augen, eine Nase, einen Mund. Die Haare stehen kurz und zerzaust in alle Richtungen.

Ich sehe das Gesicht meiner Schwester.

Langsam schüttele ich den Kopf. Ich will nicht. Ich will das alles nicht mehr.

»Anna?«

Ich erwache aus meiner Starre. Bücke mich, schiebe hektisch die Haarbüschel zusammen, sammele sie auf und stopfe sie in den Papierkorb.

»Ja doch, ich komm gleich! Zwei Minuten!«

Ich bürste mir noch mal durch die Haare, schnappe die Bluse, die auf dem Kleiderbügel am Schrank hängt, und schlüpfe hinein. Ein letzter Blick in den Spiegel und der Versuch eines Lächelns. Dann öffne ich die Tür.

»Anna, was soll der Unsinn? Warum schließt du denn ...«

Meine Mutter verstummt, starrt mich an. Dann presst sie eine Hand auf den Mund, erstickt einen Schrei. Ich versuche, ihrem Blick standzuhalten und mich an ihr vorbeizuschieben.

»Wo sind die anderen?«, frage ich, nur um irgendetwas zu sagen.

»Warum hast du das getan?«

»Mir war zu warm mit den langen Haaren.« Ich bemühe mich, gleichgültig zu klingen, und weiß, dass es mir nicht gelingt.

»Zu warm?«

Ich ignoriere den Schmerz in ihrer Stimme, laufe durch den Flur. Mein Vater kommt aus dem Bad, der Duft seines Rasierwassers schlägt mir entgegen. Fast wäre ich in ihn hineingerannt.

Als Kind habe ich es geliebt, mich in seine Arme zu schmiegen, meinen Kopf in seine Halsbeuge zu drücken und an seinem frisch rasierten Kinn zu schnuppern. Aber ich bin kein Kind mehr. Vor allem bin ich nicht mehr *sein* Kind. Etwas hat sich verändert.

Alles hat sich verändert, seit Ruth tot ist, höhnt die Stimme in mir.

»Hallo, Papa«, flüstere ich.

Er sieht mich an, runzelt die Stirn, sieht weg.

»Wir müssen los«, sagt er nur und dreht sich zur Tür.

Sein schwarzer Anzug ist die Mauer, die ihn umgibt.

Ich atme aus.

Was hast du erwartet? Hast du wirklich geglaubt, ein paar Haare mehr oder weniger könnten etwas ändern?

Ich trete hinter meinen Eltern aus dem Haus und schließe geblendet die Augen. Strahlender Sonnenschein empfängt mich. Natürlich. Auch vor einem Jahr schien die Sonne. Ich weiß noch, wie sehr mich das irritiert hat. Sollte es auf Beerdigungen nicht immer regnen?

Meine Schwester begruben wir am heißesten Tag, den der Sommer im letzten Jahr zu bieten hatte. Es war, als ob die Sonne sich über mich lustig machen wollte. Über das Frieren, das mich in der Nacht gepackt hatte, als ich von Ruths Tod erfuhr, und das mich seitdem nie wieder losgelassen hat.

Wenn dir kalt ist, liegt es nicht an mir, lacht die Sonne vom Himmel. *Sondern nur an dir.*

Alles liegt an dir.

Leon kommt durch den Vorgarten auf mich zu. Er sieht gut aus. Seine blonden Haare trägt er kurz, sein Gesicht ist gebräunt von der Sonne. Ich wünschte, er wäre aus einem anderen Grund gekommen. Ich wünschte, wir könnten jetzt einfach auf seinen Roller steigen und irgendwohin fahren, wo wir allein sind.

Ich sehe ihm an, dass auch er keine Lust auf Friedhof hat. In seiner rechten Hand hält er drei langstielige rote Rosen. Mir fällt ein, dass ich keine Blumen für meine Schwester habe. Ich habe gar nichts für sie. Ich habe überhaupt nicht daran gedacht, dass ich ihr etwas mitbringen könnte.

Leon bleibt vor mir stehen, hebt langsam die freie Hand und streicht mir mit den Fingern durchs Haar.

»Du siehst wunderschön aus«, flüstert er.

Ich halte die Luft an und bemerke sein Zögern, bevor er sich zu mir beugt und seine Lippen zart meine Wange berühren.

»Du wirst ihr von Tag zu Tag ähnlicher«, flüstert er mir ins Ohr.

Ich zucke zurück. Der Zauber des Augenblicks ist verschwunden. Warum sagt er so was?

Weil du es doch genau darauf anlegst. Ich beiße mir auf die Lippen, um nicht zu schreien. So ist es nicht. So ist es überhaupt nicht. Und plötzlich weiß ich, dass ich es nicht schaffe.

»Wir müssen los.« Leon greift nach meiner Hand.

»Ich … ich kann nicht.«

»Anna, komm, deine Eltern warten.«

»Ich will nicht!« Ich schiebe seine Hand weg. »Bitte. Ich will nicht mitkommen!«

»Anna, ich will auch nicht zum Friedhof. Aber wir müssen doch. Ich meine, ich muss … ach verdammt, Anna. Tu es für Ruth.«

Leon greift wieder nach meiner Hand und zieht an mir wie an einem störrischen Kleinkind.

»Anna?!«

Meine Mutter kommt auf uns zu. Ich erwarte nicht, dass sie mich versteht.

»Ich komme nicht mit. Fahrt allein. Bitte«, füge ich leise hinzu, als ich die Enttäuschung in ihren Augen sehe.

Dann nickt sie und fasst Leon am Arm. Sie wenden sich ab und lassen mich stehen.

Ich sehe ihnen nach. Leon dreht sich nicht mehr zu mir um. Erst jetzt merke ich, dass ich die ganze Zeit die Luft angehalten habe.

Ich renne zurück ins Haus, Tränen laufen mir über das Gesicht, ich will in mein Zimmer, will nur noch allein sein. Mir ist kalt, so entsetzlich kalt.

Ich schließe die Tür, schaue mich in meinem Zimmer um, suche nach irgendetwas, an dem ich mich festhalten kann, bevor ich erfriere. Da fällt mein Blick auf den Skizzenblock. Die Ledermappe mit den Stiften liegt daneben. Ich gehe zum Schreibtisch, streiche zärtlich über das Leder.

Mein Vater hat mir die Sachen geschenkt. In einer anderen Zeit, in einem anderen Leben.

Seit einem Jahr habe ich nicht mehr gezeichnet. Trotzdem habe ich es nicht übers Herz gebracht, die Sachen in die Schublade zu räumen.

Behutsam öffne ich den Block und blättere durch die Seiten. Ich sehe Skizzen von Blumen, von Bäumen, vereinzelt auch Gesichter. Aber hauptsächlich habe ich Pflanzen gezeichnet.

Tränen tropfen auf das Papier, schnell wische ich mir mit dem Ärmel übers Gesicht. Ich klappe den Block wieder zu und schiebe ihn von mir weg. Und mit ihm die Bilder aus meinem alten Leben.

Ich lege mich auf mein Bett und schließe die Augen.

Ich versuche mich zu erinnern.

Heute vor einem Jahr.

Die Party war gar nicht so toll. Es gab eigentlich gar keinen Grund, länger zu bleiben.

Doch, den gab es, wispert es in meinem Kopf. *Nico. Nico war der Grund, warum du den Bus verpasst hast.* *Nico.* Ich schluchze auf. Befehle der Stimme in mir, endlich still zu sein. Nico ist kein guter Grund.

Ja, ich war verliebt in ihn. Das schon. Ich war stolz darauf, mit ihm zusammen zu sein. Es war, als ob ich erst an seiner Seite wirklich wahrgenommen wurde. Vorher war ich irgendjemand, jetzt war ich Nicos Freundin. Das war neu für mich.

Ich hatte mich lange auf die Party gefreut, hatte mir extra viel Mühe gegeben, mich hübsch zu machen, wollte, dass dieser Abend für uns etwas ganz Besonderes wird. Anfangs lief auch alles gut. Nico und ich tanzten ein paarmal, dann gingen wir zu den anderen in die Küche, um eine Kleinigkeit zu essen und uns etwas zu trinken zu holen. Irgendwann musste ich aufs Klo, und als ich in die Küche zurückkam, war Nico spurlos verschwunden. Ich suchte ihn eine ganze Weile, fragte ein paar Leute, aber niemand wusste, wo er abgeblieben war.

Und dann sah ich ihn mit Lynn.

Lynn war betrunken und Nico auch. Ich schlich hinter den beiden her in den Garten und beobachtete, wie sie sich küssten. Ich dachte, der Boden würde sich unter mir auftun und mich einfach verschlingen. Aber das geschah nicht. Stattdessen entdeckte Nico mich. Ich wollte etwas sagen, aber ich stammelte nur hilfloses Zeug. Und Nico? Der sah kein bisschen schuldbewusst aus. Eher verächtlich. Als ich endlich ein »Warum« herausbrachte, zuckte er nur mit den Schultern.

»Stell dich nicht so an«, sagte er. »War doch klar, dass das mit uns nichts Ernstes ist.« Dann lachte er laut und schob seine Hand in Lynns Ausschnitt. Lynn kicherte hysterisch. Und ich lief davon. Verkroch mich irgendwo im Haus, wollte niemanden sehen und niemanden hören. *Stell dich nicht so an! Nichts Ernstes!*

Und dann habe ich den Bus verpasst.

Ruth seufzte am Telefon, als ich sie anrief. »Bleib, wo du bist. Ich hol dich!« Es war doch Ruth? Ich kann mich nicht mehr erinnern. Ich erinnere mich an Nico, an seine Verachtung und daran, dass ich den Bus verpasst habe. Ruth wollte mich holen.

Eine halbe Stunde später war sie tot.

Es war nicht Nico!, fauche ich die Stimme in mir an. Ein betrunkener Junge, der seine Hände einem fremden Mädchen in den Ausschnitt steckt, konnte unmöglich der Grund für den Tod meiner Schwester sein.

Ich versuche, hinter geschlossenen Lidern ihr Gesicht zu sehen. Ruths Gesicht, so wie es früher war. Ruth, wie sie lachte, wenn sie einen Witz aus der Schule erzählte, Ruth, deren Augen zornig blitzten, wenn sie irgendwo Unrecht witterte.

Aber es gelingt mir nicht.

Alles, was ich sehe in meiner Dunkelheit, sind ihre geschlossenen Augen. Ihr blasses Gesicht, fast durchsichtig.

Seit einem Jahr suche ich in meinem Kopf nach Bildern von meiner Schwester, und alles, was ich finde, ist immer wieder nur dieses eine Bild von ihr. Ruth, wie sie da liegt, in dem offenen Sarg.

Sie war so fremd, so anders.

Sie hatten sie geschminkt, hatten versucht, den tiefroten Streifen, der irgendwo auf ihrer Stirn begann und erst am Hals endete, abzudecken. Es war ihnen nicht gelungen. Die rote Spur führte über das ganze Gesicht.

Ich kneife die Augen noch fester zu, aber ich sehe immer nur Ruths schlecht geschminktes Gesicht, umrahmt von ihren kurzen dunklen Haaren.

Und dann schlossen sie den Sarg, und meine Mutter neben mir fiel lautlos zu Boden, und rückblickend denke ich, dass sie in diesem Moment ebenfalls aufhörte zu leben und anfing, nur noch zu existieren.

Als ich die Augen wieder öffne, wundere ich mich, wie hell es in meinem Zimmer ist. Ich brauche eine Weile, um in Raum und Zeit zurückzufinden.

Im Bestattungsinstitut war es nicht hell. Dort war es schummrig. Kerzen brannten, aus einer Wasserschale strömte blumiger Duft und aus einer Ecke tönte leise Musik.

Im Bestattungsinstitut hörte meine Welt auf, sich zu drehen, und die Blumen verdorrten.

Mein Blick fällt wieder auf den Skizzenblock. Ich denke an all das Leben, das ich darin festgehalten habe. In einer Zeit, in der ich selbst noch lebendig war.

Ob ich es noch kann?

Du wirst es nur herausfinden, wenn du es ausprobierst, flüstert die Stimme in mir.

Ich lausche. Seit Ruths Tod ist es so schrecklich still geworden in diesem Haus. Mir fehlt ihre Musik, ihr lautes Lachen, mir fehlen die Stimmen ihrer Freunde, die hier ein und aus gingen.

Mir fehlen die Gespräche mit ihr und meiner Mutter, mir fehlen die Witze meines Vaters. Mir fehlen die endlosen Diskussionen, die er mit Ruth über Physik führen konnte. Ruth war ganz vernarrt in alles, was mit Zahlen zu tun hatte, und mein Vater hat sie dafür geliebt. Ich kann mit Zahlen nichts anfangen. Und seit

Ruth tot ist, kann mein Vater mit mir nichts mehr anfangen.

Mir fehlt die Unordnung, die sie immer im Bad hinterlassen hat, mir fehlt sogar ihre Angewohnheit, mich regelmäßig um Geld anzupumpen.

Ich schiebe die Bettdecke zur Seite und stehe auf. Wie in Zeitlupe bewege ich mich auf meinen Schreibtisch zu. Ich kann mit Zahlen nichts anfangen, aber ich konnte einmal zeichnen.

Du konntest sogar mal ziemlich gut zeichnen.

Ich greife nach dem Skizzenblock und öffne ihn langsam. Dann nehme ich einen Bleistift vom Tisch.

Plötzlich bin ich ganz aufgeregt. Wie von selbst gleitet meine Hand über das Papier, wenige Striche nur, ein paar Schattierungen. Mein Herz schlägt schneller. Ich fühle fast so etwas wie Freude. Und das ist ziemlich viel für jemanden, der vor einem Jahr aufgehört hat, überhaupt noch irgendetwas zu fühlen. Zumindest irgendetwas anderes als Angst.

Für einen Moment halte ich inne und frage mich, was ich da eigentlich tue. Ein Gesicht starrt mir von dem weißen Blatt entgegen. Mein Gesicht? Da fällt mein Blick auf den Papierkorb, in den ich die abgeschnittenen Haare geworfen habe, und ich muss wieder an Leon denken und daran, wie er mich angesehen hat, als er meine Wange berührte, und da weiß ich, ich muss es einfach ausprobieren. Ich muss wissen, ob ich es wirklich noch kann. Ich muss wissen, wie viel von mir noch übrig ist, nachdem ich seit einem Jahr damit beschäftigt bin, mich verschwinden zu lassen. Und ich weiß auch schon, wo ich es herausfinden will. Es gibt einen Ort in dieser Stadt, an dem ich das Zeichnen erst richtig gelernt habe. Einen Platz, an dem ich alles finde, was ich für meinen Versuch brauche.

Ich hole mir in der Küche eine Flasche Wasser und verstaue sie in meinem Rucksack. Einen Zettel, wohin ich fahre, schreibe ich meinen Eltern nicht, sie würden es ohnehin nicht verstehen. Das müssen sie auch nicht. Es reicht, dass ich mir meiner Sache auf einmal ganz sicher bin. Ich nehme den Skizzenblock und die Mappe mit den Stiften vom Schreibtisch und packe sie ebenfalls ein.

Ein Blatt fällt dabei zu Boden. Ich mache einen Schritt zur Seite und lasse es einfach liegen.

Schraubendampfschiff „Cimbria"

Technische Daten:

Stapellauf:	21.01.1867
Indienststellung:	29.03.1867

Länge:	100,93 m
Breite:	12,10 m
Tiefgang:	6,00 m
NRT:	2167
Kohlenvorrat:	700 t

PS-Maschinenleistung: 500

Höchstgeschwindigkeit: 12 Knoten

Besatzung: 98

Passagiere 1. Klasse: 58

Passagiere 2. Klasse: 120

Passagiere 3. Klasse: 500

10 Rettungsboote mit einer Aufnahmekapazität von 370 Personen

Bauwerft: Caird und Co. in Greenock, Schottland

Reederei: HAPAG - Hamburg

Laderaum: für 1.200 t Ladung

»Johanna, träumst du wieder?«

Meine Mutter.

Erschrocken schlug ich die nächsten Töne an.

Meine Finger stolperten über die Tasten wie Fremde, die einander zum ersten Mal trafen. Nur die glänzenden Stellen auf dem sonst glatten Elfenbein verrieten die beinahe tägliche Begegnung. Jetzt verirrten sie sich unter all den Noten, fanden ihren Takt nicht zwischen der Zeit, die heute so quälend langsam verstrich, und meinem Herzen, das viel zu schnell klopfte.

Sehnsüchtig schielte ich auf die Uhr über dem Kamin. Endlich. Endlich schlug sie fünfmal und erlöste mich.

Ich ließ den Deckel krachend zuschlagen und sprang auf.

»Johanna!«, rief Mama empört, aber da war ich schon auf dem Weg in mein Zimmer. Ich zerrte die Schleifen aus meinem Haar und fing an, die Zöpfe zu lösen. Meine Hände zitterten. Ich atmete tief durch. Zwang mich zur Ruhe.

Er ist nichts weiter als ein guter Freund aus Kindertagen, *ermahnte ich mich selbst, aber mein Herz ließ sich nicht überlisten.*

Ich bürstete meine Haare so kräftig, dass es ziepte.

»Deine Haare sind so weich wie das Fell einer Katze«, sagte Papa oft, wenn er mir über den Kopf strich. Heute sollten sie nicht nur so weich sein, sondern auch glänzen wie das Fell einer Katze.

Papa würde das gefallen. Und ich hoffte, dass es Leonard auch gefiel.

Meine Wangen glühten vor Eifer. Als ich einen Blick in den Spiegel warf, konnte ich sehen, dass meine Augen leuchteten.

Rose,
oh reiner
Widerspruch,
Lust,
Niemandes
Schlaf
zu sein
unter soviel
Lidern.

(Rainer Maria Rilke, 1875-1926)

Ich war lange nicht mehr hier.

Ich konnte nicht.

Auch wenn es nicht der Friedhof ist, auf dem sie Ruth beerdigt haben, ist es eben doch ein Friedhof.

Und ein riesiger Park. Ein Park voller Bäume, Blumen, alter Grabsteine und verschlungener Wege.

Früher war ich oft hier, um zeichnen zu üben.

Früher ...

Ich kette mein Fahrrad an einen Laternenpfahl und schnappe meinen Rucksack. Die Luft über dem Asphalt flimmert in der Hitze. Die Bilder verschwimmen vor meinen Augen. Für einen Moment sehe ich wieder das offene Grab, fühle das Beben meiner Mutter an meiner Seite. Mein Vater steht neben ihr, seine Schultern zucken. Leon hat die Fäuste in seinen Taschen vergraben, meine Hände öffnen und schließen sich. Immer wieder. So als ob sie Halt suchen, den sie nicht finden. Fast glaube ich, die Stimme des Pfarrers zu vernehmen, gleichmäßiges eintöniges Gemurmel, dem ich nicht zuhören kann, weil nichts von dem, was er sagt, irgendetwas mit meiner Schwester zu tun hat ...

Plötzlich rast ein Auto an mir vorbei, ich springe zur Seite, fluche leise und die Welt dreht sich wieder.

Was mache ich hier? Warum musste ich ausgerechnet zu einem Friedhof fahren?

Weil du eigentlich hierher gehörst, flüstert die Stimme in mir.

Ich beeile mich, von der Straße runterzukommen, und biege in einen der Kieswege ab, die tief ins Innere des Parks führen.

Die Grabsteine rechts und links ignoriere ich heute. Ich will keine Gräber zeichnen, sondern Blumen. Pflanzen, Bäume vielleicht. Etwas, das lebt.

Der Kies knirscht unter meinen Füßen, und das Geräusch lässt mich frieren. Ich sehe den Sarg, sehe die weißen Rosen, die auf seinem Deckel liegen, und unter dem Deckel liegt Ruth, meine Schwester, und schläft, während wir hinter ihr her über den Kies gehen, der sich anfühlt wie dünnes Eis, das jederzeit brechen kann.

Ich laufe schneller, will diesem Geräusch entkommen, will den Kies unter meinen Füßen nicht mehr hören. Weiter hinten enden die Wege, dort, wo der ganz alte Teil des Friedhofs liegt, wo die Gräber nicht mehr gepflegt und die Pflanzen sich selbst überlassen sind.

Erleichtert atme ich auf, als ich weiches Moos unter meinen Füßen spüre. Die Bäume hier sind alt, sie sind so hoch, dass ich den Kopf in den Nacken legen muss, um den Himmel zu sehen. Es ist kühler hier, dunkler, die Bäume spenden Schatten in der Mittagshitze.

Erst jetzt merke ich, wie durstig ich bin. Ich hole die Wasserflasche aus meinem Rucksack, trinke einen großen Schluck, fahre mir mit der Hand über das Gesicht und über die Haare. Für einen Moment stutze ich, dass sie so kurz sind, dann fällt es mir wieder ein. Ich weiß nicht, ob es Tränen oder Schweißtropfen sind, die mir über das Gesicht laufen. Ich wische sie weg und schaue mich suchend um. Was soll ich zeichnen? Womit fange ich an?

Ich streiche sacht über die Rinde eines Baumes und vor meinem inneren Auge entsteht ein Bild aus rauen Stämmen, knorrigen Ästen. Dieser Baum ist noch zu glatt, ich lasse meine Hand sinken und gehe langsam weiter, auf der Suche nach etwas anderem.

Im Schatten der dichten Baumkronen wachsen kaum Blumen, dafür rankt Efeu über die verwitterten, umgestürzten Grabsteine.

Der Rhododendron ist bereits verblüht, die wenigen hohen Gräser sind vertrocknet, es hat seit Tagen nicht mehr geregnet. Irgendwo zwitschern ein paar Vögel, die in den Bäumen völlig ungestört ihre Nester bauen. Ich frage mich, warum ich nicht schon früher hergekommen bin. Es fühlt sich an, als hätte dieser Ort die ganze Zeit nur auf mich gewartet und als raunte er mir nun zu: *Da bist du ja endlich.*

Ein Schauer läuft mir über den Rücken. Ich öffne meinen Rucksack, ziehe den Skizzenblock und die Ledermappe heraus und sehe mich nach einem geeigneten Sitzplatz um. Weiter hinten entdecke ich einen Baumstumpf, ich lege meinen Rucksack daneben, setze mich darauf, den Block auf den Knien, suche einen passenden Stift aus und hebe den Blick.

Ich drehe den Stift zwischen meinen Fingern. Er fühlt sich fremd an, ungewohnt. Es ist, als ob ich vergessen hätte, wie man ihn richtig hält. Meine Hände schwitzen, in meinem Kopf arbeitet es fieberhaft. Verzweifelt versuche ich, meine Aufmerksamkeit auf das zu richten, was ich vor mir sehe. *Nun mach schon.* Und wenn ich es nicht mehr kann? Meine Hand zittert, als ich damit beginne, den Baum neben mir zu skizzieren.

In der Ferne höre ich den Motor eines Autos, etwas raschelt im Gras und lenkt mich ab. Zu meinen Füßen huscht eine Maus davon. Rasch verschwindet sie unter welkem Laub und zuerst bin ich traurig, dass sie so schnell weggelaufen ist.

Aber dann sehe ich die Katze. Sie liegt auf einem umgestürzten Grabstein und beobachtet mich. Ihr langer Schwanz schlägt dabei sanft hin und her.

Fast wie von selbst setzt meine Hand jetzt den Stift auf das Papier. Die Umrisse des Steins sind schnell skizziert, schon nach wenigen Strichen spüre ich, wie meine Hand lockerer wird, ich bemerke den Stift in ihr gar nicht mehr. Ich zeichne. *Ich* zeichne.

Ich schaue hoch, um mir die Katze einzuprägen. Ganz schwarz ist sie. Nur die linke Vorderpfote und die Schwanzspitze sind weiß. Da steht sie auf, streckt sich und springt von dem Stein herunter. Enttäuscht lasse ich den Stift sinken. Die Katze läuft ein paar Schritte, dann dreht sie sich um und schaut mich an. Ich sehe in ihre grünen Augen, die auch im gedämpften Licht der Bäume hell leuchten.

Ich wende mich wieder meinem Skizzenblock zu, suche nach einem anderen Motiv vor meinen Füßen, doch da höre ich ein leises Miauen. Erstaunt sehe ich auf. Die Katze schaut mich immer noch an.

Ich seufze. »Na gut, wie du willst.«

Ich packe meine Sachen zusammen und stehe auf. Sie dreht sich um und verschwindet zwischen den Bäumen. Ich laufe hinter ihr her. Die Luft ist schwül und nimmt mir den Atem.

Die Katze scheint es nicht eilig zu haben, sie wartet wieder kurz, bis ich näher komme, dann erst läuft sie weiter. Ich darf sie nicht aus den Augen verlieren.

Plötzlich versperren mir Äste den Weg. Als ich sie auseinanderbiege, zerkratzen Dornen meinen Arm. Ich beiße die Zähne zusammen und schlüpfe durch das Gestrüpp, frage mich, warum ich das eigentlich mache – warum ich hinter einer fremden Katze herlaufe, mir die Arme zerkratze, mich durch einen Urwald kämpfe.

Sie läuft jetzt schneller, ich muss mich beeilen, damit sie mir nicht entwischt.

Ich bin mir sicher, dass ich in diesem Winkel des Friedhofs noch nie gewesen bin, und doch habe ich das Gefühl, jeden Baum, jeden Grashalm zu kennen.

Und dann stehe ich auf einer Lichtung. Die Sonne taucht alles in sanfte Farben, lässt das Gras unter meinen Füßen leuchten, spielt mit den Blättern der Birken, die hier vereinzelt stehen. Bunte Wildblumen wachsen ihr entgegen.

Einen Kiesweg gibt es nicht.

Trotzdem ist deutlich ein Weg zu erkennen. Ein Weg aus grünem Moos. Alte Gräber säumen ihn. Ich suche zwischen den Grabsteinen die Katze.

Da vorne ist sie. Sie wartet wieder auf mich, schaut zu mir zurück, die weiße Schwanzspitze erhoben, dann springt sie davon.

Ich versuche erst gar nicht, ihr hinterherzulaufen. Stattdessen wende ich mich nach links und betrachte die Grabsteine genauer. Die Namen der Verstorbenen sind kaum noch zu entziffern. Nur einzelne Buchstaben und ein paar Zahlen kann ich erkennen. Ich drehe mich um, will die Lichtung mit einem Blick erfassen. Etwas ist anders und es ist nicht nur das Licht. Mein Herz schlägt schneller und ich brauche einen Moment, bis ich begreife, was es ist. Sämtliche Geräusche sind plötzlich verstummt. Ich höre keine Autos mehr, aber auch die Vögel haben aufgehört zu singen. Es ist, als ob die Welt den Atem anhalten würde.

Das Einzige, was noch zu hören ist, ist mein eigener Atem, der lauter wird, je länger ich hier stehe.

Ich merke, wie die Kälte zurückkommt, sie kriecht mir unter die Haut und lässt mich frösteln. Ich fühle mich beobachtet, drehe mich nach allen Seiten um, aber da ist niemand. Erst glaube ich, Stimmen zu hören, Rufe, Schreie, aber dann ist da nur die Stille und in sie hinein mischt sich das Klopfen meines Herzens.

Ich habe nicht gewusst, dass auch die Stille laut sein kann.

Reiß dich zusammen, Anna, wer soll denn hier sein?

Ich schüttele den Kopf und gehe langsam weiter, betrachte jetzt die Grabsteine zu meiner Rechten.

Auch hier wieder nur verwitterte Inschriften, die Namen kaum noch zu entziffern, die Zahlen noch eher, achtzehnhundert lese ich, danach verschwinden die Ziffern unter dem Efeu.

Und dann entdecke ich die Katze wieder. Sie sitzt vor einem Beet aus schneeweißen Rosen. Und während ich mich noch darüber wundere, warum hier Rosen blühen, sehe ich plötzlich Ruth in ihrer Mitte. Ruth, wie sie dasteht und auf mich wartet. Ruth, die den Kopf schieflegt und mir entgegenlacht. *Du Dummerchen, wo warst du denn so lange? Kannst du nicht einmal pünktlich sein?*

Erst als ich näher komme, erkenne ich, dass es nicht meine Schwester ist, die auf mich wartet.

Es ist ein Engel.

Ein Engel aus grauem Stein, der auf einem Sockel steht.

Als ich die Katze suche, ist sie spurlos verschwunden.

*Imke rief mich zum Essen. Den ganzen Tag hatte ich auf
diesen Augenblick gewartet. Jetzt zögerte ich und blieb auf
dem Treppenabsatz stehen. Unten hörte ich Leonard mit
seinem Vater sprechen. Seine Stimme hatte sich verändert.
Sie klang tiefer, wie die Stimme eines Mannes. Dennoch
hätte ich sie unter Tausenden erkannt. Ich umklammerte
das Treppengeländer und schloss die Augen. Ich spürte das
glatte Holz unter meinen Fingern und eine Erinnerung
kehrte zurück. Zwei Kinder, die das breite, geschwungene
Treppengeländer hinunterrutschen. Lagen unsere gemein-
samen Streiche wirklich schon so lange zurück?*

*Fieberhaft rechnete ich nach: Heute war der achtzehnte
August 1882. Leonard musste im Mai dreiundzwanzig geworden sein. Wir hatten uns also seit über zehn Jahren
nicht gesehen.*

*Ich öffnete die Augen – und dann sah ich ihn, und er sah
mich, und das Herz schlug mir bis zum Hals, als unsere
Blicke sich trafen. Leonard sah verändert aus. Erwachsen.*

Plötzlich wusste ich nicht mehr, wohin ich schauen sollte. Er erschien mir so fremd. Ich suchte in seinem Gesicht nach den vertrauten Zügen. Vergebens. Leonard schien es ähnlich zu gehen, denn er trat nervös von einem Fuß auf den anderen und tat so, als ob seine Fußspitzen das Interessanteste auf der Welt seien.

Der Gong zum Essen war für uns wie eine Erlösung.

Ich hätte mich gern mit Leonard unterhalten. Hoffte, in seinen Worten den Spielkameraden wiederzufinden, den ich in seinem Äußeren nicht mehr fand. Aber Leonard beachtete mich kaum. Stattdessen unterhielt er sich angeregt mit unseren Vätern. Früher hatten uns die Gespräche unserer Väter fürchterlich gelangweilt. Sie sprachen über Politik und Geschäfte, darüber, dass Papa sich Sorgen um seine Firma machte, weil immer mehr Menschen Deutschland verließen, um in Amerika ihr Glück zu versuchen.

Ab und zu bedachte Leonard Mama mit einem Kompliment und Mama lächelte geschmeichelt. Seine blonden Locken schimmerten im Kerzenlicht. Mir fiel auf, wie breit seine Schultern geworden waren. Leonard hob den Blick und ich begegnete seinen blauen Augen. Verlegen starrte ich auf meinen Teller.

»Kinder, was haltet ihr davon, wenn ihr euch die Zeit ein wenig im Garten vertreibt und uns alte Männer in Ruhe unsere Zigarre rauchen lasst?«

Ich zuckte unter Papas Worten zusammen. Leonard und ich – allein im Garten?

Früher hätten wir Fangen oder Verstecken zwischen den Obstbäumen gespielt, heute erschreckte mich der Gedanke, mit ihm allein zu sein. Verstohlen wischte ich mir die feuchten Finger an der Serviette ab. Dann nickte ich gehorsam und stand auf. Leonard bot mir seinen Arm an.

Es war ein merkwürdiges Gefühl, neben ihm durch den Garten zu schlendern. Ich verspürte den Drang, ihm wie ein Kind davonzurennen so wie früher, um die Anspannung abzuschütteln, die mir die Kehle zuschnürte. Keiner von uns sprach ein Wort. Mir wurde immer unbehaglicher zumute. Unter dem alten Nussbaum blieb Leonard stehen.

»Ich muss mit dir sprechen, Johanna.«

Warum wurde ich so nervös?

»Weißt du, worüber unsere Väter gerade reden?«

Ich schüttelte den Kopf. »Über ihre Geschäfte vermutlich. Sie reden ja über nichts anderes.« Ich schämte mich für meinen trotzigen Ton.

Jetzt war es Leonard, der den Kopf schüttelte. »Sie sprechen über uns.«

»Über uns?«

Er nickte. »Über uns und unsere Zukunft, Johanna.«

»Aber was …«

Meine Stimme wollte mir nicht mehr gehorchen.

»Ich möchte dich heiraten, Johanna. Unsere Väter möchten, dass wir heiraten.«

Heiraten? Leonard und ich? Vermutlich war meine Reaktion alles andere als schicklich, aber der Gedanke an eine Hochzeit erschien mir so absurd, dass ich laut lachte.

»Aber ich kann dich nicht heiraten!«

Leonards Blick ließ mich meinen Ausbruch sofort bereuen.

»Warum kannst du mich nicht heiraten?«

»Ich liebe dich nicht!«, platzte ich heraus.

Leonard schaute mich verständnislos an.

»Doch, doch, ich hab dich gern«, sprach ich schnell weiter. »Sehr sogar. Aber ... aber ...« Nichts in Leonards Blick ließ erkennen, dass er verstand, worauf ich hinauswollte. »Außerdem bin ich noch viel zu jung zum Heiraten«, setzte ich kleinlaut hinzu.

»Sei nicht albern, Johanna. In Zeiten wie diesen geht es um andere Dinge. Unsere Väter sind seit jeher Partner und haben noch große Pläne. Ich werde eines Tages in ihre Geschäfte einsteigen und du wirst irgendwann den Anteil deines Vaters erben. Wenn wir heiraten, bleibt das Vermögen in Familienbesitz. Dein Vater möchte so bald wie möglich die Verlobung bekanntgeben.«

Entsetzt starrte ich Leonard an. Alles war längst besprochen, unser Spaziergang nur ein kläglicher Vorwand, es auch mir endlich zu sagen. Leonard griff nach meiner Hand, aber ich entriss sie ihm und rannte zurück ins Haus, vorbei an meiner Mutter, die Treppe hinauf, zurück in mein Zimmer.

Ich warf die Tür hinter mir zu und drehte den Schlüssel um. Ich würde nicht heiraten. Niemals. Und erst recht würde ich niemanden heiraten, den ich nicht von ganzem Herzen liebte.

Rosen beschatten alle Hänge;
traumlos rieselt der Schlaf
von ihren bebenden Blättern.

(Sappho, um 600 v.Chr.)

Im selben Augenblick, in dem ich den Engel sehe, weiß ich, dass ich ihn zeichnen werde.

Ich hole meine Sachen aus dem Rucksack und mache es mir auf dem Moos bequem.

Ich schlage eine neue Seite in meinem Skizzenblock auf. Das leere Blatt leuchtet hell in der Sonne. Noch ist alles möglich, alles offen, wie bei einem Buch, dessen erstes Wort noch nicht geschrieben ist.

Ich skizziere die Umrisse der Statue und beginne dann mit den Flügeln. Große mächtige Schwingen ragen hinter dem Rücken auf. In den Falten des Gewandes entdecke ich grüne Flechten. Fast trotzig erobern sie den grauen Stein. Selbst der Tod kann sie nicht aufhalten.

Es fällt mir schwer, mich aufs Zeichnen konzentrieren. Das Gesicht des Engels zieht mich magisch an. Es kommt mir vor, als würde er mich beobachten. Und dann sehe ich die Rose, die er in seiner rechten Hand hält. Er hält sie mit der Blüte nach unten, so als wollte er verhindern, dass sie welkt oder gar abbricht. Eine steinerne Rose, vollkommen lebensecht. Und doch ist auch sie tot.

Tot.

Das Wort hämmert in meinem Kopf.

Ich habe keine Träume mehr. Keine Zukunft.

Alles, was mir geblieben ist, ist die Erinnerung an diesen einen Tag, an dem ich zu Stein geworden bin. Kalt. Unfähig zu fühlen. Unfähig mich zu bewegen. Unfähig zu leben.

Wie mein Engel inmitten von weißen Rosen.

Mein Rosenengel.

Mein Engel. Erst kürzlich hat mich Leon so genannt, und ich weiß noch, wie ich zusammenzuckte, als er mich zum ersten Mal nicht mit meinem Namen ansprach. Leon hat Ruth geliebt. Zumindest glaube ich das. Die beiden waren seit Ewigkeiten ein Paar.

Nach Ruths Tod wirkte er wie ein junger Vogel, der aus dem Nest gefallen war. Seine Verlassenheit, seine Hilflosigkeit schnitten mir tief ins Herz. Und jedes Mal, wenn ich ihn sah, konnte ich immer wieder nur das eine denken: Wenn ich nicht den Bus verpasst hätte, wäre Ruth noch am Leben. Wenn ich nicht den Bus verpasst hätte, wäre Leon noch glücklich.

Ist das so? Hätte ich Ruths Tod verhindern können? So oft habe ich mich gefragt, ob Ruth noch leben könnte, wenn ich nicht zu dieser Party gegangen wäre. Mit jedem Atemzug stelle ich mir diese Frage.

Mit Leon habe ich über diese Gedanken nie gesprochen. Überhaupt reden wir wenig. Wir sind. Das genügt. Er vermisst Ruth. Mir fehlt meine Schwester. Und so ertragen wir unser Verlassensein eben zu zweit.

Leichter wird es dadurch nicht.

Ich betrachte wieder den Engel und beschließe, Leon diese Zeichnung zu schenken. Er hat meine Bilder früher gemocht. Ob er Engel mag, weiß ich nicht so genau, aber ich werde mir Mühe geben, damit er besonders gut wird. Mir wird klar, dass ich Zeit brauchen werde. Dass ich wiederkommen muss. Morgen vielleicht. Und da fällt mir auf, dass es seit einem Jahr das erste Mal ist, dass ich *morgen* denke.

Ich beginne, die Umrisse des Kopfes zu zeichnen. Versuche, dem Engel nicht in die Augen zu sehen. Halblanges Haar, leicht gewellt. Ich fahre mit der Hand durch meine eigenen Haare und wieder fühle ich mich beobachtet. Es ist dieses Gefühl, das dich dazu bringt, dich mitten im vollen Bus umzudrehen, weil du denkst, dass hinter dir einer sitzt, der dich anschaut. Oder dass dich in der Unterführung schneller laufen lässt, weil du glaubst, jemand verfolgt dich.

Aber hinter mir ist niemand. Die Lichtung liegt still und verlassen. Zu still. Schnell lasse ich meine Hand sinken und konzentriere mich auf mein Bild.

Wessen Grab mein Rosenengel wohl bewacht? Es muss ein ganz besonderer Mensch gewesen sein, dem man solch ein Denkmal gesetzt hat. Keines der anderen Gräber hier ist auch nur annähernd so eindrucksvoll. Sie sind verwittert und von Efeu überwuchert. Blumen pflanzt hier schon lange keiner mehr.

Mein Blick fällt auf den Sockel. Ob man die Inschrift noch entziffern kann? Ich stehe auf und mache ein paar Schritte auf das Beet zu. Leider bin ich immer noch zu weit entfernt, um etwas lesen zu können. Die Beeteinfassung ist wie die Grenze zu einer anderen Welt.

Für einen kurzen Moment verschwimmen die Rosen vor meinen Augen zu einem einzigen weißen Meer – weißer Schaum, der die Füße des Engels umspült – und ich fühle wieder die Blicke auf mir, diesmal von allen Seiten, und mir wird kalt, eisig kalt. Ich falle zurück in dieses Loch, das sich unter mir auftut, das mich wie mit hundert Armen hinunterzieht, immer tiefer, bis die Dunkelheit mir den Atem nimmt. Ich schnappe nach Luft, aber dann sehe ich vor mir wieder Rosen, da wo eben noch ein Meer tobte, und der Engel steht ruhig inmitten der Blüten und schaut mich fragend an. Nichts hat sich verändert.

Ich atme tief durch und setze einen Fuß in das Beet. Ganz vorsichtig, um die Rosen nicht zu zertreten, bahne ich mir einen Weg zum Sockel. Ich beuge mich vor, schiebe eine Blüte zur Seite und stelle enttäuscht fest, dass es gar keine Inschrift gibt. Dass es nie eine gegeben hat. Denn dort, wo ich gehofft hatte, einen Namen zu lesen, ist der Stein einfach nur grau und glatt.

»He, spinnst du? Was machst du da?!«

Ich fahre herum. Erschrecke so sehr, dass ich fast den Halt verliere und mich an dem Sockel abstützen muss.

»Nichts! Ich wollte nur ...«

»Verdammt noch mal, verschwinde sofort aus dem Beet! Du zertrampelst ja die ganzen Rosen!«

Ich starre in das Gesicht eines Jungen, der kaum älter sein dürfte als ich. Seine schwarzen Haare sind kurz, seine dunklen Augen funkeln zornig.

Das Herz schlägt mir bis zum Hals. Ich bin vollkommen verwirrt. »Aber ich ...«

»Raus da!«, brüllt er jetzt.

Schnell stolpere ich zwischen den Blumen hindurch zurück auf die Wiese. Kaum, dass ich in Reichweite bin, packt er mich so fest am Arm, dass ich vor Schmerz meinen Skizzenblock fallen lasse.

»He, was soll das? Du tust mir weh!«

Ich winde mich aus seinem Griff und bücke mich nach meinem Block.

»Autsch! Ah Mist!« Ein Dorn bohrt sich tief in meinen Zeigefinger.

»Sag mal, hast du sie noch alle? Einfach mitten durch das Beet zu latschen?«

Der Typ kommt wieder bedrohlich nahe. Ich schaffe es kaum, seinem Blick standzuhalten. Diese Augen. Schnell schaue ich weg und weiche einen Schritt zurück.

»Was hast du überhaupt hier zu suchen?« Er bemüht sich nicht einmal, den Zorn in seiner Stimme zu unterdrücken.

»Wie bitte?«

»Was du hier machst, will ich wissen!«

Ich zittere, vor Schreck, aber auch vor hilfloser Wut. Was fällt diesem Typ eigentlich ein? Ich habe ihm nichts getan, und selbst seinen blöden Rosen hätte ich nichts getan, wenn er mich nicht so angebrüllt hätte.

»Ich ... ich wollte zeichnen. Ist das etwa verboten? Und überhaupt: Was geht dich das an? Ist das hier dein Privatgarten, oder was?«

Trotzig halte ich ihm meinen Block unter die Nase.

Er zögert kurz, wirkt verwirrt, schaut auf meine Zeichnung. Dann runzelt er die Stirn.

»Du blutest.« Er berührt meine Hand und ich zucke zurück, wie von einem Stromschlag getroffen.

»Halb so wild«, fauche ich ihn an und ziehe meine Hand weg.

Der Dorn steckt zum Glück nicht tief in meinem Finger. Ich ziehe ihn vorsichtig mit den Zähnen heraus. Dann stopfe ich meine Zeichensachen in meinen Rucksack. Auf keinen Fall soll der Kerl sehen, wie durcheinander ich bin.

»Keine Sorge, ich verschwinde schon.« Ich bemühe mich, gleichgültig zu klingen.

Es gefällt mir, dass diesmal er es ist, der zusammenzuckt. Für einen Moment sagen wir beide gar nichts.

»He, es tut mir leid.« Er fasst nach meinem Arm. »Ich mag es eben nicht, wenn man in meinen Blumen rumläuft.«

»In deinen Blumen?«, frage ich irritiert.

»Ich hab sie gepflanzt, ja. Was dagegen?« Er mustert mich aus zusammengekniffenen Augen.

Ich weiche seinen bohrenden Blicken aus. Will nur noch weg hier. Bis vor wenigen Minuten kannte ich den Typ noch gar nicht. Warum ist es mir nicht egal, was er jetzt über mich denkt?

Als ich mich umdrehe, um zu gehen, hält er mich an meinem Rucksack fest.

»Was ist?« Warum kann er mich nicht einfach gehen lassen?

»Du siehst ihm ähnlich.«

Verwirrt bleibe ich stehen.

»Wie bitte?«

»Du siehst dem Engel ähnlich.« Er deutet mit dem Kopf auf den Rosenengel.

Ich schaue zu dem Engel, dann wieder zu ihm. Was soll das alles?

»Ich muss jetzt gehen«, sage ich hastig.

Er lässt mich los und ich renne davon. Ich hätte nicht herkommen dürfen.

»Ich bin übrigens Phil!«, ruft er mir nach. Ich tue so, als hätte ich es nicht mehr gehört, renne schneller und fühle mich verfolgt.

Phil. Ich flüstere den Namen, lausche ihm nach, schmecke ihn auf meiner Zunge. Phil. Mir ist der Name so vertraut, als hätte ich ihn schon hundertmal ausgesprochen. Alles in mir ist in Aufruhr und ich bin machtlos dagegen.

Meine Hände beben, ich brauche mindestens drei Anläufe, bis ich es schaffe, mein Rad aufzuschließen. Als ich es endlich aus dem Ständer zerren kann, zittere ich am ganzen Körper. Wie von Sinnen trete ich in die Pedale und die Stimme in meinem Kopf lacht leise. Ziellos fahre ich durch die Stadt, stundenlang, bis ich erschöpft bin und die Stimme verstummt ist.

Drei Tage lang sprach ich kein Wort mit meinen Eltern und sie sprachen nicht mit mir. Es war, als ob unsichtbare Wände uns trennten. Man sah sich, aber es gab keinen Weg, zueinander zu gelangen. Ich fühlte mich schuldig zwischen all dem Schweigen und verstand doch nicht, worin meine Schuld eigentlich lag.

Am Abend des dritten Tages bestellte Papa mich in sein Büro. Als Kind war ich fast jeden Nachmittag dort gewesen, hatte unter dem großen Schreibtisch zwischen Papas Füßen gelegen und gemalt. Er reichte mir Papier und Stifte nach unten und ich reichte ihm die fertigen Bilder nach oben. Es gab keinen schöneren Ort auf der Welt, um zu malen.

Ich liebte das Ticken der großen Standuhr, ich liebte es, das Kratzen der Feder zu hören, wenn Papa in seine dicken Geschäftsbücher schrieb. Ich liebte das Rascheln beim Umblättern der Seiten, das Knistern des Streusands, mit dem er die Tinte löschte, ich liebte das kurze Zischen des Streichholzes, wenn Papa sich seine Pfeife anzündete.

Noch mehr als die Geräusche liebte ich die Gerüche in diesem Raum. Den Geruch seiner stets frisch polierten Lederschuhe, das würzige Aroma seines Tabaks und vor allem den süßlichen Duft des Siegellacks, mit dem Papa stets persönlich die wichtigsten Dokumente und Briefe verschloss.

Am glücklichsten war ich, wenn er mich auf den Schoß nahm und ich selbst den schweren Siegelring mit seinen Initialen auf den noch weichen Lack pressen durfte. Ich liebte das satte schmatzende Geräusch, und wenn Papa sich den Ring wieder an den Finger steckte, war er für mich ein König.

An jenem Abend öffnete ich die schwere Eichentür nur zögernd. Ich erwartete einen zornigen Vater und war fest entschlossen, ihm in aller Deutlichkeit zu sagen, was ich von seinen Verlobungsplänen hielt.

Doch was mich hinter der Tür erwartete, erschreckte mich beinahe. Der König war nicht länger groß und mächtig. Papa sah alt und blass aus. Zusammengesunken kauerte er hinter seinem Schreibtisch.

Mama saß auf einem Stuhl gegenüber. Ihre Augen waren rot und verquollen. Hatte sie geweint? Papa wies mit einem Kopfnicken auf den freien Stuhl neben ihr.

Am liebsten hätte ich auf der Stelle kehrtgemacht, stattdessen nahm ich artig Platz. Ich faltete die Hände in meinem Schoß, damit niemand sah, wie sehr sie zitterten.

»Es hat keinen Sinn, es dir länger zu verschweigen.«

Ich hob den Kopf, aber Papa sah mich nicht an, während er sprach.

»Wir werden weggehen, Johanna.«

»Weggehen?« In meinem Kopf hallte das Wort nach, aber ich verstand es nicht.

Papa nickte.

»Diesem Land geht es schlecht. Sehr schlecht.«

»Aber was hat das denn mit uns zu tun? Uns geht es doch gut!« Ich machte eine hilflose Geste, die das ganze Büro einschloss und eigentlich mein ganzes Leben meinte.

Papa schüttelte den Kopf. »Es geht uns nicht gut, Johanna. Die Geschäfte laufen miserabel. Ich finde kaum noch Kunden. Wir verlieren täglich Arbeitskräfte. Und die wenigen, die bleiben, können wir kaum noch bezahlen. Wir müssen Deutschland verlassen, bevor es zu spät ist.«

Mama schluchzte auf und schlug sich die Hand vor den Mund.

»Wolf und ich werden die Firma verkaufen. In Amerika werden wir ganz neu anfangen. Die Schiffspassagen sind bereits bezahlt. Leonard und du, ihr sollt einmal eine bessere Zukunft haben, als sie euch in diesem Land beschieden ist.«

Amerika? Ich wusste nichts darüber, nur dass man viele Wochen mit dem Schiff dorthin unterwegs war und dass es einen Abschied für immer bedeuten würde. Das Entsetzen, das Papas Worte in mir ausgelöst hatten, trieb mir die Tränen in die Augen. Erst dann fiel mir auf, dass auch Leonards Name gefallen war. Die Oppenheims wollten mit uns auswandern?

Die Schiffspassagen waren schon bezahlt?

Ich begriff, dass man auch im August erfrieren kann.

Es gibt Augenblicke,
in denen eine Rose
wichtiger ist
als ein Stück Brot.

(Rainer Maria Rilke, 1875-1926)

Unser Frühstück verläuft schweigend. Kein »Guten Morgen, mein Schatz«, kein »Hast du gut geschlafen?«, nicht mal ein »Bitte reich mir die Butter« oder »Möchtest du noch Kaffee?«.

Vielleicht muss es so sein. Vielleicht liegt es daran, dass wir nur zu viert funktionieren konnten, so wie ein Auto nicht mehr fährt, wenn es nur noch drei Räder hat. Vielleicht sind wir als Familie unbrauchbar geworden, seit Ruth fehlt.

Ich greife nach einer Scheibe Toast, suche die Marmelade auf dem Tisch. Überrascht stelle ich fest, dass ich Hunger habe.

Als ich gestern nach Hause kam, waren meine Eltern nicht da. Auf dem Küchentisch lag nur ein Zettel, das Essen stand im Kühlschrank, aber ich habe es nicht angerührt. Ich war froh, meine Ruhe zu haben, froh, nicht noch mal darüber reden zu müssen, warum ich an Ruths Todestag nicht mit zu ihrem Grab wollte. Sie hätten es ohnehin nicht verstanden.

Leon hatte eine Nachricht auf meinem Handy hinterlassen. Ich habe ihn nicht zurückgerufen. Ich hätte nicht gewusst, was ich ihm sagen soll, wollte nur noch in mein Bett. Mir war kalt, wieder mal, und ich wusste, die Kälte würde sich auch nicht von ein paar Wolldecken vertreiben lassen. Inzwischen schlafe ich meistens unter drei Decken. Gegen das Zittern, das mich immer wieder packt, helfen die Decken nicht. Sie sind viel zu dünn. Und noch dünner ist meine Haut. Ich hätte nicht auf einen Friedhof fahren sollen. Es war zu früh.

Ich dachte an den Rosenengel, an die Rosen zu seinen Füßen, die plötzlich zum wogenden Meer geworden waren und an den Jungen, der mich beinahe zu Tode erschreckt hat. Phil.

Ich habe sie gepflanzt, hatte er gesagt. Und ich hatte mich gar nicht darüber gewundert. Erst jetzt fiel es mir auf. Was brachte einen Jungen dazu, auf einem fremden verlassenen Grab Rosen zu pflanzen? Und was veranlasste ihn, sie so massiv zu verteidigen?

Phil. Ich berührte die Stelle, an der er meinen Arm gepackt hatte. Versuchte, mir sein Gesicht ins Gedächtnis zu rufen. Die kurzen schwarzen Haare. Die dunklen Augen, die so zornig blitzten. Über dem rechten Auge hatte ich eine kleine Narbe entdeckt und ich fragte mich jetzt, wie sie wohl dahin gekommen war. In Gedanken hob ich die Hand und strich sanft darüber. Alles fühlte sich so vertraut an. Und war doch gleichzeitig so verwirrend. Phil war größer als ich. Braun gebrannt. So als ob er den ganzen Tag draußen verbringen würde. Ich erinnerte mich an ein dunkles T-Shirt. Und an Jeans, die nicht mehr ganz sauber waren. Mein Herz schlug schneller, als ich an seine Arme dachte, deren Haut von der Arbeit zwischen den Pflanzen verkratzt war. Wie es wohl sein musste, in diesen Armen zu liegen? Plötzlich war ich hellwach. Was war mit mir los? Wieso lag ich im Bett und träumte von einem Jungen, den ich überhaupt nicht kannte? Und der nicht gerade freundlich mit mir umgesprungen war. Ich hatte immer noch keine Ahnung, wo er auf einmal hergekommen war. Ob er mich schon die ganze Zeit beobachtet hatte? Und dann fiel mir die schwarze Katze ein, die mich zu der Lichtung geführt hatte. Ob sie Phil gehörte? Ich versuchte, mir den fremden Jungen mit einer Katze vorzustellen. Irgendwann bin ich dann doch eingeschlafen.

Ich nippe an meinem Orangensaft, erhasche kurz den Blick meines Vaters. Schnell sieht er wieder weg. Mein Vater kann mir nicht in die Augen sehen. Nicht mehr.

»Wirst du Leon heute treffen?« Wenigstens meine Mutter bemüht sich noch um Normalität. Anscheinend kann auch sie das Schweigen nicht ertragen.

»Ja, vielleicht.« Ich starre auf meinen Teller.

»Seid ihr nicht verabredet?«

Ich hasse die Erwartung, die in ihrer Stimme liegt. Dieses Aufflackern von Hoffnung, dass doch noch alles gut werden könnte, wenn ich nur das Richtige tue.

»Doch, am Nachmittag.« Ich will jetzt nicht über Leon reden. Ich will gar nicht reden.

»Wird er herkommen?«

Kann sie nicht einfach aufhören? Kann sie nicht einfach damit aufhören, sich dauernd einzumischen?

»Du solltest ...«, meine Mutter rührt umständlich in ihrem Kaffee herum, »du könntest vielleicht ein bisschen netter zu ihm sein.«

Netter? Ich schnappe nach Luft.

Sie scheint zu merken, dass sie zu weit gegangen ist. Legt mir beruhigend die Hand auf den Arm. Aber ich will mich nicht beruhigen. Sag es nicht. Bitte sag es nicht.

»Er leidet immer noch sehr. Oder?«

Ich springe so schnell auf, dass mein Stuhl fast umkippt. Keine Minute länger kann ich in diesem Raum bleiben.

Das Eismeer kommt zurück.

Es ist jedes Mal das Gleiche. Erst ist es nur ein kleines Rinnsal. Fließt unter der Tür hindurch, bildet eine Pfütze unter meinen Füßen. Lässt mich frösteln. *Bleib, wo du bist. Ich hol dich!* Aber dann wird das Rinnsal zu einem Sturzbach, der mich zu überrollen droht.

»Wo willst du hin?« Immerhin hat mein Vater seine Stimme wiedergefunden.

»Raus. Zeichnen.«

»Musst du nichts für die Schule machen? Du stehst kurz vor dem Abi!«

Ich presse die Lippen zusammen. Das Wasser ist jetzt in meinem Mund. Ich muss würgen.

»Als Ruth in deinem Jahrgang war, hat sie jeden Tag stundenlang fürs Abi gelernt. Musste sie ja auch. Schließlich wollte sie Physik studieren.«

Inzwischen bin ich randvoll. Mir ist nur noch übel. Ich schlucke und schlucke, um all die Worte runterzuschlucken, die aus mir raus wollen. Aber ich schaffe es nicht. Ich öffne den Mund, nur um ihn gleich wieder zu schließen. Meine Mutter fängt an, mit fahrigen Bewegungen den Tisch abzuräumen.

»Ich drehe noch mal eine Runde mit dem Rad«, würge ich hervor.

Ich sehe die Tränen in den Augen meiner Mutter, aber sie nickt nur.

»Bist du zum Essen zurück?«

Ich zucke mit den Schultern. Ich weiß es noch nicht.

»Leon kommt um drei«, sage ich stattdessen.

Das muss ihr genügen.

Wie ein Dieb schleiche ich mich aus dem Haus. Ich bin froh, niemandem mehr zu begegnen, will nur noch weg hier. Will allein sein.

Die Straßen sind heute leerer als sonst. Es ist einer dieser typischen Sommersonntage. Und es ist noch früh. Wir frühstücken immer sehr früh. Auch sonntags. Und wir frühstücken immer gemeinsam. Darauf legt mein Vater großen Wert. Wir haben gemeinsam gefrühstückt, korrigiere ich mich in Gedanken. Seit Ruths Tod sitzen wir nur noch am selben Tisch.

Ich trete fester in die Pedale. Das Radfahren tut mir gut. Ich merke, wie die Anspannung langsam von mir abfällt. Ich hasse diese Gespräche über Leon. Die verzweifelten Versuche meiner Mutter, uns noch enger zusammenzubringen. Ich mag ihn. Sehr sogar. Aber manchmal ertrage ich seine Nähe nicht. Manchmal denke ich, dass ich ihn nur mag, weil ich keine andere Wahl habe. Leon. Meine Eltern haben ihn aufgenommen wie einen verlorenen Sohn. Vielleicht ist das der Grund, warum ich so erschrak, als er mich das erste Mal küsste. Er war für mich zu einem Bruder geworden.

Ich lasse mein Rad wieder am Haupteingang des Friedhofs stehen. Obwohl es noch so früh ist, brennt die Sonne schon heiß vom Himmel. An der Wasserstelle sehe ich zwei alte Frauen, die sich mit vollen Gießkannen abmühen. Sie beachten mich nicht. Ich weiß nicht einmal, ob sie mich überhaupt wahrgenommen haben.

Manchmal glaube ich, dass ich unsichtbar werde. Mich auflöse. Jeden Tag ein bisschen mehr. So wie mein Vater mich nicht mehr sieht, wird mich bald niemand mehr sehen. Und fast bin ich dankbar dafür.

Ich beschleunige meine Schritte und versuche, mich daran zu erinnern, welchen Weg ich gestern gelaufen bin.

Als die Gräber rechts und links seltener werden und der Kiesweg mich durch ein Wäldchen führt, erkenne ich die Stelle wieder. Irgendwo neben dem Weg muss ich mich gestern durch die Dornen gekämpft haben.

Dann sehe ich zu meiner Linken einen Pfad, der durch die Bäume führt. Sonnenstrahlen tanzen zwischen den Zweigen. Ich verlasse den Kiesweg und laufe auf dieses Leuchten zu. Jetzt bin ich mir sicher, dass dahinten meine Lichtung liegt.

Was hast du überhaupt hier zu suchen?

Phils Worte fallen mir wieder ein. Das, was ich überall suche, denke ich. Mich.

Und dann sehe ich die Katze.

Sie sitzt am Rand des Wäldchens. Dort, wo die Bäume aufhören und die Lichtung anfängt. Sie sitzt zwischen hohen Gräsern, starrt auf einen Punkt irgendwo zwischen den Blättern. Regungslos. Bereit zum Sprung. Die Muskeln unter ihrem schwarzen glänzenden Fell zucken. Ich bleibe stehen, um sie nicht zu stören. Halte die Luft an. Fühle mich wie ein Eindringling in ihrer Welt. Da wird es mir klar: Es ist nicht meine Lichtung. Die Lichtung gehört ihr. Sie hat sie mir nur gezeigt.

Plötzlich entspannt sie sich und trottet davon. Offensichtlich haben meine Schritte die Maus verjagt. Kurz dreht sie sich um, sieht mich an, als ob sie sagen wollte: *Da bist du ja.* Dann verschwindet sie zwischen den Gräbern.

Ich bewege mich immer noch nicht. Lasse meinen Blick über die Lichtung schweifen und nehme ihr Bild in mich auf. Der Boden zu meinen Füßen glitzert in der Sonne. Das Moos ist noch feucht vom Morgentau. Die Birken zwischen den Gräbern leuchten silbern, wie tausend kleine Spiegelscherben funkeln die Blätter.

Meine Augen suchen den Engel. Erst als ich ihn sehe, fange ich wieder an zu atmen. Im Sonnenlicht sieht er fast weiß aus.

Langsam gehe ich näher, setze behutsam einen Fuß vor den anderen. Fast so, als hätte ich Angst, der Engel könnte plötzlich die Schwingen ausbreiten und davonfliegen. Mein Rosenengel.

Ich breite meine Decke auf dem noch feuchten Boden aus und hole die Zeichensachen aus dem Rucksack. Für einen Moment lasse ich den Anblick des Engels einfach auf mich wirken. Die Rosen zu seinen Füßen leuchten heute noch heller als gestern. Alles ist heller geworden. Und der Engel scheint noch größer zu sein.

Ich greife nach meinem Skizzenblock und schlage ihn auf. Behutsam streiche ich mit dem Finger über die Zeichnung, die ich gestern angefangen habe. Sieht doch gar nicht so schlecht aus. Wenn ich mir Mühe gebe und mir Zeit lasse, dann kann ich es vielleicht wieder lernen. Stückchen für Stückchen, Schritt für Schritt.

Ich kneife die Augen zusammen, um den Engel besser erkennen zu können, konzentriere mich zunächst auf sein Gewand, seine Arme, seine Hände. Ich wage es nicht, ihm in die Augen zu sehen. Ich ertrage seinen Blick nicht. Noch nicht. Und ob er mir tatsächlich ähnlich sieht, will ich gar nicht wissen.

Erst ist es ungewohnt. Zu viele Gedanken halten mich davon ab, mich auf das Wesentliche zu konzentrieren. Aber dann schließe ich kurz die Augen, sehe das Bild vor mir, sehe Strich für Strich, den ich setzen muss, nichts anderes ist da mehr außer mir und dem Engel vor meinem inneren Auge und dem Papier, das darauf wartet, dass ich den Stift ansetze. Ich öffne die Augen wieder. Der Engel scheint zu lächeln. Die Mauern in meinem Kopf fangen an zu bröckeln, meine Hand fliegt über das Papier, und endlich fühle ich nur noch mich, so wie ich mich früher gefühlt habe. Ich arbeite, vergesse die Zeit, ich sehe nichts außer dem, was ist, und frage nicht mehr nach dem Warum. Fast will ich staunend innehalten, so fremd bin ich mir in diesem Moment.

Da fällt ein Schatten über meine Zeichnung. Trotz der sommerlichen Hitze überläuft mich ein Schauer. Ich muss nicht hochschauen, um zu wissen, wer sich zwischen mich und die Sonne gestellt hat.

»Du zeichnest wirklich gut«, sagt er.

Ich schüttele nur den Kopf. Den Stift fest in der Hand, versuche ich, mich weiter auf mein Bild zu konzentrieren. Mein Herz schlägt so laut, dass er es vermutlich hören kann.

»Darf ich?«

Jetzt muss ich ihn doch ansehen, um herauszufinden, was er meint. Von hier unten wirkt er noch größer, sein schwarzes Haar glänzt in der Sonne. Er zeigt auf die Decke und lächelt dabei. Ich nicke schnell.

»Danke.« In einer einzigen geschmeidigen Bewegung lässt er sich neben mir auf der Decke nieder.

Eine Weile sagen wir beide nichts. Ich schaue auf meine Zeichnung, ohne zu zeichnen. Obwohl wir uns nicht berühren, kann ich seine Nähe körperlich spüren. Die Härchen an meinen Armen richten sich auf, als hätte ein Lufthauch sie gestreift. Ich fühle die Wärme, die von seiner Haut ausgeht. Er riecht nach Sommer.

Ich vermeide es immer noch, ihn direkt anzusehen. Starre stattdessen weiter auf meinen Skizzenblock. In meinem Kopf überschlagen sich die Gedanken, am liebsten möchte ich aufspringen und weglaufen, aber irgendetwas hält mich hier fest. Etwas, das ich nicht erklären kann.

Es ist, als ob diese Möglichkeit gar nicht mehr bestünde, einfach aufzustehen und zu gehen. Als ob die Tatsache, dass er zurückgekommen ist, mich an ihn bindet. Einfach nur die Tatsache, dass ich ihm begegnet bin.

Aus dem Augenwinkel beobachte ich seine Hände, die in seinem Schoß liegen, schaue dann wieder auf meine. Die linke Hand hält den Skizzenblock, die rechte tut so, als wollte sie zeichnen, ich wage kaum zu atmen, es fühlt sich gut an, neben ihm zu sitzen. Das Schweigen fühlt sich gut an.

»Das mit gestern ... es tut mir leid.«

Fast bin ich enttäuscht, dass er die Stille unterbricht.

»Ist schon in Ordnung.«

»Wie geht es deinem Finger?«

»Gut.«

»Ich hätte dich nicht so erschrecken dürfen.«

»Schon okay.« Jetzt sehe ich doch zu ihm rüber. »Aber ich wollte deinen Rosen echt nichts tun. Ich war ganz vorsichtig.«

»Was wolltest du denn überhaupt in dem Beet?«

Seine Stimme klingt ganz anders als gestern. Sanft. Fast schüchtern.

»Ich wollte wissen, für wen der Rosenengel ist.«

»Rosenengel?« Er lächelt und in seinen braunen Augen tanzen goldene Punkte wie Sterne. »Hast du ihn so genannt?«

Ich nicke. Fühle, wie ich rot werde. Plötzlich schiebt sich das Bild von Leon in meinen Kopf und ich frage mich, was ich hier eigentlich mache, auf dieser Decke, zusammen mit einem fremden Jungen, von dem ich nur weiß, dass er Phil heißt. Leon. Ich denke an den Schmerz in seinen Augen. An diesen flehenden Blick, mit dem er mich immer ansieht.

Der Junge neben mir merkt von all dem nichts. Und ich bin froh darüber.

»Rosenengel« – fast zärtlich spricht Phil dieses Wort aus. »Das passt zu ihm. Nicht nur wegen der Rose, die er in der Hand hält.«

Fragend schaue ich ihn an.

Er streckt seine Beine aus und lehnt sich zurück. Seine Füße stecken in dicken Lederboots. Nicht gerade Sommerschuhe, denke ich.

»Die weißen Rosen, die gab es schon immer«, fährt Phil fort.

»Aber du hast doch gesagt ...«

»Dass ich sie gepflanzt habe? Ja, das stimmt auch. Zumindest die meisten von ihnen habe ich gepflanzt. Aber es gab schon immer weiße Rosen auf diesem Beet.« Phil sieht mich nicht an, während er redet. Er hat den Kopf in den Nacken gelegt und schaut hinauf in den Himmel. So als ob er dort die Geschichte lesen könnte, die er mir erzählen will. Ich folge seinem Blick. Der Himmel ist strahlend blau. Nicht eine einzige Wolke ist zu sehen.

»Als ich den Engel das erste Mal sah, war das Grab total zugewuchert. Wie die meisten Gräber hier. Ich hatte den Auftrag, ein bisschen Ordnung zu machen. Den Efeu zurückzuschneiden, das Unkraut zu entfernen.

Nur das Nötigste eben. Sodass man die Grabreihen wieder erkennen konnte. Ich arbeite hier als Gärtner«, fügt er hinzu, als er meinen fragenden Blick sieht. »Okay, nur als Aushilfsgärtner und nur vorübergehend. Ich verdiene mir damit das Geld für mein Studium.«

Er ist Gärtner? Das erklärt natürlich so einiges. Seine schmutzige Jeans. Die klobigen Schuhe. Und die Sache mit den Rosen. Irgendwie bin ich enttäuscht, dass es eine so unromantische Erklärung für das alles gibt.

»Auch dein Rosenengel musste vom Efeu befreit werden. Bis zum Hals war er schon zugewuchert.«

Mein Rosenengel. Schön klingt das.

»Und dann?« Jetzt will ich auch wissen, wie die Geschichte weitergeht.

»Unter dem Efeu entdeckte ich einen Rosenstock. Die meisten Zweige waren völlig verholzt, Blätter trug er kaum noch. Aber eine Blüte. Eine einzelne weiße Blüte hatte es durch all das Grünzeug bis ans Tageslicht geschafft.«

Phil schweigt. Sein Kopf ist leicht zur Seite geneigt, er konzentriert sich und kneift ein wenig die Augen zusammen. Er sieht aus, als ob er seinen eigenen Worten lauscht, um den Anfang ihrer Geschichte zu finden.

»Ich habe diese Rose bewundert. Für ihren Kampfgeist. Ihren Überlebenswillen. Sie wollte sich nicht unterkriegen lassen.« Phil wendet sich mir zu und lächelt. »Und ich fand, sie könnte ein wenig Unterstützung gebrauchen.«

»Und da hast du die anderen Rosen gepflanzt?«

Irgendwie rührt mich dieser Junge, der sich mit Rosen gegen Unkraut verbündet. Und mich rührt diese Geschichte. Eine Rose, die sich nicht unterkriegen lässt. Die selbst im Verborgenen noch blüht. Die nicht aufgibt. Egal was geschieht. *Aber du hast aufgegeben,* meldet sich die Stimme in meinem Kopf.

»Warum ein Engel?«, frage ich schließlich. »Warum nicht ein ganz normaler Grabstein, wie bei den anderen auch?«

Phil setzt sich wieder auf. Er pflückt einen Grashalm und dreht ihn zwischen den Fingern.

»Es gibt eine Legende. Danach wurde der Engel von einem Bildhauer geschaffen, der um seine Geliebte trauerte.«

Seine Geliebte? Ich spüre, wie feine Schauer über meinen Rücken jagen. Plötzlich ist mir kalt, obwohl die Sonne inzwischen hoch über uns steht. Phil rollt den Grashalm zwischen Daumen und Zeigefinger zusammen, dann schnippt er ihn weg.

»Es heißt, dass der Engel ein Abbild des Mädchens ist, das er liebte. Er wollte ihr für alle Zeit ein Denkmal setzen.«

Ich hebe den Blick und betrachte den Engel genauer.

»Weiß man, woran sie gestorben ist? Und wie alt sie war?«

Phil schüttelt den Kopf. »Man weiß nicht einmal genau, ob das hier überhaupt ein Grab ist oder nur eine

Gedenkstätte. Die Gräber in dieser Ecke sind zum Teil über hundert Jahre alt. Aber zu der Zeit sind ja viele Menschen jung gestorben.«

Nicht nur vor hundert Jahren, denke ich.

Laut sage ich: »Der Bildhauer muss dieses Mädchen jedenfalls sehr geliebt haben. Der Engel ist wunderschön geworden.«

»Ja, mir gefällt er auch. Und mir gefällt die Vorstellung, dass eine der Rosen vielleicht von diesem Mann gepflanzt worden ist.«

»Können Rosen so alt werden?« Erstaunt sehe ich Phil an.

Er nickt. »Vermutlich stammt sie aus dem neunzehnten Jahrhundert. Rosen können aber noch sehr viel älter werden. Am Dom in Hildesheim soll ein Rosenstock wachsen, der über tausend Jahre alt ist.«

»Kann man noch erkennen, welche Rose es ist?«, frage ich und betrachte das Beet.

»Willst du sie sehen?« Phil springt auf und reicht mir die Hand. Ich lege meine Zeichensachen zur Seite und lasse mir auf die Füße helfen.

Vor dem Rosenengel kniet Phil sich auf den Boden und biegt behutsam die Blüten auseinander.

»Hier ist sie. Sie hat sich gut erholt, seit ich sie zurückgeschnitten und vom Efeu befreit habe.«

Ich knie mich neben ihn und beuge mich über das Beet. Er hat die Rose gekennzeichnet. Um ihren Stamm ist ein rotes Band geschlungen. So kann er sie immer wiederfinden. In meinem Kopf fängt es an zu rauschen. Die Vorstellung, dass einst ein junger Mann hier kniete und diese Rose für seine tote Geliebte pflanzte, treibt mir die Tränen in die Augen. Ich wische mir mit dem Handrücken übers Gesicht und springe auf.

»Danke, dass du sie mir gezeigt hast.« Schnell gehe ich zurück zu meiner Decke, nehme wieder meine Zeichnung zur Hand und fange an, eine Falte im Gewand des Engels auszuarbeiten. Aus dem Augenwinkel beobachte ich, wie Phil vor mir stehen bleibt. Ich starre auf seine Füße, weiß nicht, was ich jetzt tun soll, und vor allem nicht, was ich sagen soll.

»Ich muss dann mal los«, sagt Phil stattdessen. »Will noch ein paar Gräber gießen.«

Seine Stimme klingt rau, kratzig, das Sprechen fällt ihm schwer.

Verlegen werfe ich einen Blick auf meine Armbanduhr und erschrecke. So spät schon?

Meine Eltern warten mit dem Essen. Und Leon. Fast hätte ich die Verabredung mit ihm vergessen. Bestürzt stelle ich fest, dass ich ihn eigentlich überhaupt nicht treffen will. Am liebsten möchte ich hier bleiben, hier bei dem Engel, bei meiner Zeichnung und bei den Rosen.

Und bei Phil, wispert es in meinem Kopf. Phil hat damit überhaupt nichts zu tun, flüstere ich zurück und weiß im selben Augenblick, dass das so nicht stimmt.

»Ich muss auch nach Hause. Mittagessen.« Ich stopfe meine Zeichenutensilien in meinen Rucksack und stehe auf.

Er hilft mir, die Decke zusammenzufalten, und reicht sie mir. Die Berührung unserer Finger dauert einen Moment zu lang.

»Tschüss dann«, sage ich hastig.

»Tschüss. Ich …« Er räuspert sich. »Ich weiß noch nicht einmal, wie du heißt.«

»Anna. Ich heiße Anna«, antworte ich leise, und Phil nickt, als ob ich ihm nur bestätigt hätte, was er ohnehin schon wusste.

Im Haus war alles in heller Aufregung. Seit Tagen ließ Mama sämtliche Räume auf Hochglanz polieren und scheuchte Imke hin und her, um Besorgungen zu machen.

Es war Papas Idee gewesen, seine besten Kunden und treuen Geschäftspartner zu einem Abschiedsfest einzuladen und zu diesem Anlass sogleich meine Verlobung bekanntzugeben. Ich fühlte mich wie eine Marionette, deren Schicksal andere in den Händen hielten, einem Willen ausgeliefert, der nicht mein eigener war.

Erst einen Tag zuvor hatte mir Leonard einen schmalen silbernen Ring an den Finger gesteckt. Mama wurde nicht müde, mich von den Vorteilen einer Ehe mit Leonard überzeugen zu wollen. Ich wünschte, sie hätte damit aufgehört, mir ununterbrochen zu versichern, wie glücklich ich mit ihm sein würde. Aber vermutlich waren ihre Beteuerungen nur ein hilfloser Versuch, sich und mich für einen Lebensweg zu wappnen, den wir nie selbst gewählt hätten. Ich begriff, dass auch meine Mutter nur eine Marionette war.

Der Ring war hübsch, genauso wie das Kleid, das ich zu dem Fest tragen sollte, aber es fühlte sich an, als hätte Leonard mir den Ring nicht an den Finger gesteckt, sondern ihn mir um mein Herz gelegt. Und mit jedem Tag wurde er enger und nahm mir die Luft zum Atmen.

Ich war so müde. Nacht für Nacht hatte ich wach gelegen und nach einem Ausweg gesucht, jetzt war ich erschöpft von all den Grübeleien. Selbst in meinem eigenen Zimmer fühlte ich mich beengt und ausgeliefert. Riesige Truhen verstellten mir den Weg. Warteten darauf, gefüllt zu werden. Meine Garderobe lag überall verteilt.

Wir konnten nicht alles mitnehmen. Am wichtigsten war meine Aussteuer. Darum stickte ich Tag und Nacht Monogramme in Tischdecken und Servietten, Bettbezüge und Nachthemden. J und O. J für Johanna und O für Oppenheim. Sie fühlten sich fremd an, so nebeneinander, die beiden Namen. So fremd, wie ich mich neben Leonard fühlte.

Als ich die Türglocke hörte, wollte ich erst gar nicht öffnen. Aber dann fiel mir ein, dass Mama ja mit Imke zum Markt gegangen war und mich gebeten hatte, die Blumen für das Fest in Empfang zu nehmen.

Ich rannte die Treppen hinunter und riss die Haustür mit so viel Schwung auf, dass ich fast den Halt verloren hätte.

»Hoppla!«

Mein Herz setzte für einen Schlag aus. Vor mir stand ein junger Mann und schaute mich belustigt an. In seinem

Arm hielt er einen riesigen Korb voller Rosen. Weißer Rosen.
Rechts und links neben ihm standen weitere Körbe.

Ich wusste gar nicht, dass es im Oktober noch blühende
Rosen gab.

Nun wirbeln reichlich von der nacht geregt
Die blüten … mag ihr purpur niederfallen
Zu hüllen deine schmach! Nun lerne trauer
Und ernst von rosen.

(Stefan George, 1868-1933)

Als ich nach Hause komme, steht Leons Roller schon im Hof. Ich schiebe mein Fahrrad in den Schuppen, möchte am liebsten gar nicht ins Haus gehen.

Er ist zu früh dran. Viel zu früh. Habe ich irgendeinen Termin vergessen? Hatten wir doch etwas anderes vor heute? Jetzt bereue ich es, dass ich seinen Anruf gestern nicht mehr beantwortet habe.

Ich schließe die Haustür auf. Hunger habe ich keinen mehr.

Am liebsten würde ich mich ungesehen in mein Zimmer schleichen. Mich verkriechen. Allein sein. Weiter an meiner Zeichnung arbeiten.

Mein Kopf ist noch voller Geschichten von Engeln und Rosen, ich spüre noch Phils Finger, wie sie meine berühren, sehe noch seine dunklen Augen vor mir. Fühle mich, als ob ich aus der einen Welt erst wieder in die andere zurückkehren müsste.

Es war falsch von mir, überhaupt erst eine andere Welt zu betreten.

Es ist falsch, dem einen zu begegnen, wenn der andere noch in meinem Kopf herumspukt. Er sollte da nicht sein. Phil sollte nicht in meinem Kopf sein. Mich packt das schlechte Gewissen. Es ist nicht fair. Es ist Leon gegenüber einfach nicht fair. Er ist hier, weil er mich sehen will. Er ist hier, weil wir zusammen sind. Er ist hier, weil er schon einmal seine Freundin verloren hat. Weil er Ruth verloren hat. Weil er mich braucht. Und ich komme zu spät, weil ich mit einem anderen Jungen zusammen auf einer Picknickdecke saß, um über Rosen und Engel zu reden. Ich komme wieder mal zu spät.

Hättest du den Bus nicht verpasst ...

Kaum betrete ich den Flur, kommt meine Mutter auch schon aus der Küche.

»Da bist du ja endlich. Beeil dich, wir wollen essen.«

Vor sich trägt sie eine dampfende Schüssel. »Ich hab keinen Hunger«, will ich sagen und lege doch meinen Rucksack ab, um hinter ihr herzugehen. Im Flur werfe ich einen kurzen Blick in den Spiegel. Fahre mir mit den Fingern durch die kurzen Haare. Und hoffe, dass Leon mich immer noch hübsch findet.

In der offenen Tür bleibe ich stehen. Mein Vater sitzt bereits am Tisch. Ihm gegenüber Leon. Die beiden unterhalten sich angeregt. Mathematische Gleichungen schwirren durch die Luft. Zahlen fliegen hin und her wie Pingpongbälle. Ich atme tief durch. Zwar verstehe ich kein Wort von dem, was sie da reden, trotzdem fühlt es sich angenehm vertraut an. Leon schaut auf und lächelt mir zu. Kein Vorwurf. Kein *Wo warst du denn?* in seinem Blick. Dankbar lächele ich zurück und setze mich zu ihnen an den Tisch. Vielleicht ist ja doch alles gut, so wie es ist.

»Was hast du heute Vormittag gemacht?« Leon schaut fragend auf.

»Ich war in Ohlsdorf. Zeichnen.« Ich beobachte ihn. Warte auf seine Reaktion.

»Du zeichnest wieder?« Er wirkt erstaunt. Das Lächeln bleibt. »Schön. Kann ich das Bild sehen?«

»Ich zeig es dir nach dem Essen.«

»Hast du schon den neuen Artikel über Stephen Hawking gelesen?« Mein Vater legt Leon die Hand auf den Arm.

Er will über Physik reden. Nicht über dich. Er wollte immer über Physik reden.

Nach dem Essen hole ich meinen Rucksack und gehe mit Leon in mein Zimmer. Auf dem Weg dorthin müssen wir wie immer an Ruths Zimmer vorbei. Und wie immer kann ich dieses leichte Zucken sehen. Kaum wahrnehmbar. Kann sehen, wie er die Schultern strafft. Wie er sich bemüht, wie er seinen Blick auf meine Zimmertür heftet, als gäbe es kein anderes Ziel, als hätte es nie ein anderes gegeben. Daran, wie Leon seinen

Kopf hält, kann ich sehen, wie schwer es ihm fällt, nicht auf Ruths Tür zu starren.

Als wir endlich in meinem Zimmer sind, dreht er sich zu mir um. »Komm her.«

Er flüstert fast.

Ich drücke mich an ihn, will, dass er mich umarmt, dass er mich an sich zieht und mir erst über meine Haare, dann über mein Gesicht streichelt. Ich will von ihm geliebt werden und ich will ihn doch auch lieben.

Ich sehne mich nach der Leichtigkeit der Verliebten, sehne mich nach diesem Gefühl, dass alles richtig ist, so wie es ist. Zärtlich fasst er meinen Kopf und dreht ihn so, dass er mich küssen kann. Ich spüre seinen Mund auf meinem Mund und schließe die Augen.

Leons Zunge öffnet meine Lippen, erst vorsichtig, dann immer drängender, fordernder, er spürt, dass es mir schwerfällt, diesen Kuss einfach zu erwidern. Ich schlinge meine Arme um ihn und klammere mich an ihn, als müsste er mich vor dem Ertrinken retten. Dabei sehe ich in seinen Augen, dass er es ist, der ertrinkt, der keine Luft mehr bekommt, der hofft, dass ich ihn aus dem Wasser ziehen kann. Ich möchte mich fallen lassen in diesen Kuss, in seine Zärtlichkeiten, möchte alles um mich herum vergessen, endlich vergessen und nur noch so tun, als sei alles in Ordnung. Wenigstens so tun.

Nach einer Weile löse ich mich aus Leons Armen. Behutsam. Er soll nicht denken, dass ich ihn wegstoße, nicht glauben, dass ich ihn nicht will. Aber ich brauche den Abstand zwischen uns, um seine Nähe zu ertragen.

»Zeig mir, was du gezeichnet hast.« Seine Stimme ist noch rau von dem Kuss. Er wischt sich über die Augen, als müsste er erst wieder auftauchen aus einer Welt, in die ich ihm nicht folgen konnte.

»Ach, so toll ist es nicht.« Warum sage ich das? Eben noch wollte ich ihm das Bild sogar schenken und jetzt wünsche ich mir plötzlich, er würde sich gar nicht dafür interessieren.

»Ich mag deine Bilder, das weißt du doch.«

Plötzlich steht er hinter mir, umfasst wieder meine Taille, legt seinen Kopf auf meine Schulter und beißt mich zärtlich in den Nacken. Ein Schauer überläuft mich, aber ich will das nicht. Ich winde mich aus seinen Armen und wehre seine Hände ab, die wieder nach mir greifen wollen.

»Na gut, ich zeig es dir.« Ich öffne meinen Rucksack und ziehe meinen Skizzenblock heraus.

»Es ist nur ein Engel. Einfach nur ein Engel, den ich in Ohlsdorf gefunden habe.« Was sage ich da? Erstaunt lausche ich meinen eigenen Worten. *Nur ein Engel.* Dabei ist er für mich schon so viel mehr. Mein Rosenengel. Warum verleugne ich ihn vor Leon?

Weil du nicht teilen willst, flüstert meine innere Stimme.

Leon greift nach dem Block und schlägt ihn auf. Eine Weile betrachtet er die Zeichnung und sagt nichts.

»Es ist noch nicht fertig«, sage ich. Am liebsten würde ich ihm das Bild wieder aus der Hand nehmen. Es ist zu früh. In letzter Zeit passiert alles dauernd zu früh.

»Hübsch«, sagt er. Mehr nicht. Ich fühle, wie sich Enttäuschung in mir breitmacht. Natürlich. Für Leon ist es nichts weiter als die Zeichnung einer Steinfigur. Er sieht nicht das Gesicht, das mir ähnlich sehen soll, er sieht nicht die weißen Rosen, er kennt ihre Geschichte nicht, er weiß nichts von dem Bildhauer, der den Engel schuf, nichts von der Lichtung, auf der ich den Engel gefunden habe.

Er weiß nichts von dem Jungen, der dir das alles erzählt hat.

»Es ist ja noch nicht fertig«, sage ich noch einmal.

»Zeichne wieder Blumen und Bäume, das kannst du viel besser.«

Leon legt die Zeichnung auf meinen Schreibtisch und will mich wieder in seine Arme ziehen.

»Ich finde den Engel schön. Er steht in einem Beet voller weißer Rosen.« Warum versuche ich es überhaupt?

Leon lacht. »Engel und Rosen. Eigentlich ziemlich kitschig, oder? Wollen wir jetzt zu mir fahren?«

Ich schüttele den Kopf. Das Erstaunen in seinem Blick tut mir körperlich weh.

»Ich will noch ein bisschen zeichnen«, sage ich schnell. »Und für die Schule muss ich auch noch was erledigen.«

»Na gut. Wie du meinst.« Er lässt mich los, macht zwei Schritte rückwärts. »Ruf mich an, wenn du es dir anders überlegst.« Seine Stimme klingt auf einmal ganz kalt. Abweisend. Ich will etwas sagen, aber da ist er schon draußen.

Das hier läuft alles schrecklich falsch.

Ich sollte ihm hinterherrennen.

Ich sollte ihm sagen, dass es mir leidtut.

Aber ich tue es nicht. All die Worte, die ich ihm sagen könnte, bleiben ungesagt. Ich lasse ihn gehen. Höre, wie die Haustür ins Schloss fällt, höre, wie der Motor seines Rollers anspringt.

Ich fühle Erleichterung darüber, endlich allein zu sein. Und ich schäme mich dafür.

DIE VERLOBUNG

IHRER TOCHTER

Johanna

MIT DEM REFERENDAR

Leonard Oppenheim

BEEHREN SICH ANZUZEIGEN

Kaufmann Johann Larssen
und Frau Katharina, geborene Golz

Hamburg
im Oktober 1882

Die Rose ist ohne Warum.
Sie blühet, weil sie blühet.
Sie achtet nicht ihrer selbst,
fragt nicht, ob man sie siehet.

(Silesius Angelus, 1624-1677)

Der Unterricht zieht sich heute wie Kaugummi. Ich starre aus dem Fenster, versuche, mir nicht anmerken zu lassen, wie müde ich bin. Ich habe schlecht geschlafen. Eigentlich habe ich fast gar nicht geschlafen. Leon hat sich gestern nicht mehr gemeldet und ich habe wach gelegen und mir Vorwürfe gemacht. Ich hätte ihn nicht einfach gehen lassen dürfen. Ich hätte ihn nicht wegschicken dürfen. Leon braucht mich doch und ich brauche ihn.

Er ist der Einzige, der mich versteht. Und ich habe ihn weggeschickt.

Ich versuche, mein schlechtes Gewissen zu verdrängen. Streit gibt es in jeder Beziehung mal. Ein Streit ist noch nicht das Ende. Auch Leon und Ruth haben sich manchmal gestritten, bis die Fetzen flogen.

Ich muss lächeln, als ich daran denke, wie oft Ruth mir erklärt hat, dass sie diesen Sturkopf nie, nie wieder sehen will. Und wie schnell sie sich nach jedem Streit wieder in den Armen lagen. Auch ich werde mich mit Leon wieder versöhnen. Keine Frage. Ich habe mir fest vorgenommen, ihn heute zu Hause zu besuchen und mich zu entschuldigen. In Gedanken lege ich mir die Worte zurecht, die ich zu ihm sagen werde. Aber erst muss ich das hier hinter mich bringen. Erst muss ich den Vormittag in der Schule überstehen.

Deutsch ist normalerweise eines meiner Lieblingsfächer. Gleich nach Kunst. Trotzdem kann ich mich heute nicht konzentrieren.

»Anna?« Erst als Herr Willmer direkt vor mir stehen bleibt und mich anspricht, erwache ich aus meiner Starre. Die anderen kichern, als ich zusammenzucke. Ich fühle, wie ich rot werde.

»Entschuldigung. Ich habe Ihre Frage nicht gehört.«

»Vielleicht würde es helfen, wenn du dich mehr auf meinen Unterricht als auf die Bäume vor dem Fenster konzentrieren würdest.«

Immerhin lächelt mein Deutschlehrer, als er das sagt. Mir ist es trotzdem peinlich, dass er mich so eiskalt erwischt hat. Ich nicke schnell und blättere etwas hilflos in dem Buch, das vor mir liegt. *Die Leiden des jungen Werther*. Goethe. Zum Glück hat Herr Willmer die Frage schon an jemand anderen weitergegeben.

In der Pause verschanze ich mich auf dem Klo. Ich schließe mich ein, will niemandem begegnen, mit niemandem sprechen. Selbst Franka ist mir an Tagen wie heute zu viel. Franka, die neben mir sitzt, seit ich denken kann, und die sich als Einzige überhaupt noch mit mir abgibt.

Natürlich hatte ich Freunde. Vor dieser Sache.

Vor allem Nico hatte ich es zu verdanken, dass ich dazugehörte. Dort, wo Nico war, war auch die Clique. In der Zeit, in der ich mit ihm zusammen war, war ich in keiner Pause allein unterwegs. Aber dann verlor ich erst Nico und dann Ruth. Und irgendwie habe ich damit auch alle anderen aus den Augen verloren. Und schließlich verlor ich mich selbst.

Ein paar haben gelacht heute Morgen, als sie meine kurzen Haare sahen. Ein paar haben geflüstert. Ruths Name ist gefallen und dass ich aussehe wie sie.

Ich sollte es nicht hören, aber es gibt Worte, die müssen ihren Weg nicht durchs Ohr nehmen. Es gibt Worte, die treffen direkt ins Herz. Ich hätte es auch gehört, wenn sie es nur gedacht hätten.

Alle wissen, wer Ruth ist. Natürlich. Ich gehe auf dasselbe Gymnasium wie sie.

Nach ihrem Tod gab es eine kurze Trauerfeier in der Schule. Ihr Foto wurde im Foyer ausgestellt, daneben brennende Kerzen. Abschiedsbriefe ihrer Mitschüler, ein Meer von Blumen. Ein Kondolenzbuch, in das sich jeder eintragen konnte. In das sich auch die eintrugen, die Ruth überhaupt nicht kannten.

Morgen für Morgen, Tag für Tag musste ich daran vorbei. Ich war eine Erinnerung auf zwei Beinen. Eine wandelnde Erinnerung an das, was passiert war. An das, was ohne mich vermutlich niemals passiert wäre.

Damals fing ich an, unsichtbar zu werden. Und die anderen fingen an, mich nicht mehr wahrzunehmen. Ich glaube, sie waren dankbar für meine Entscheidung, mich in Luft aufzulösen.

Als ich die Toilette wieder verlasse, ist der Vorraum voller Mädchen. Kichernde schwatzende Mädchen, die die letzten Minuten vor der Pause nutzen, um sich noch einmal frisch zu machen oder um schnell ihren Lidstrich nachzuziehen.

Eigentlich müsste ich mir noch die Hände waschen, aber sämtliche Waschbecken sind besetzt, und ich habe keine Lust, mich irgendwo dazwischenzudrängeln. Ich versuche, mich so unauffällig wie möglich hinter den Mädchen nach draußen zu schleichen.

»He, Anna, da bist du ja! Ich hab dich schon gesucht!«

Mist. Franka habe ich in dem Pulk gar nicht gesehen. Sie wäscht sich gerade die Hände und spricht durch den Spiegel mit mir.

»Was hast du mit deinen Haaren gemacht?«

Sofort schnellen vier oder fünf Augenpaare hoch und mustern mich neugierig im Spiegel.

»Mir war zu heiß«, murmele ich leise, und natürlich ist mir klar, dass Franka mir das genauso wenig abkaufen wird wie meine Mutter.

Franka sieht mich betroffen an. Offenbar hat sie gemerkt, dass sie mich mit ihrer Frage bloßgestellt hat.

Sie wischt sich die nassen Hände schnell an der Jeans ab. »Komm, lass uns verschwinden.«

Dankbar folge ich ihr nach draußen.

»Jetzt mal ernsthaft. Hat das mit deinen Haaren irgendeine tiefere Bedeutung, die sich mir nicht erschließt?«

Ich stöhne. Ich hätte es wissen müssen. So leicht gibt Franka nicht auf. Schnell schüttele ich den Kopf. »Bedaure, nein. Es hat keine Bedeutung.«

Franka guckt skeptisch. »Gar keine«, setze ich schnell hinzu.

Einen Moment lang überlege ich, ihr von Phil zu erzählen. Ich würde so gerne mit jemandem über meine Gefühle reden, über das, was dieser Junge in mir ausgelöst hat. Über das, was da gerade passiert. Aber es geht nicht. Ich darf dieses Geheimnis nicht verraten. Und schon gar nicht Franka, obwohl ich früher alles mit ihr bequatschen konnte. Stundenlang haben wir manchmal über Jungs geredet und über das, was sie in uns anrichten.

Franka kennt Leon. Und was noch schlimmer ist: Sie findet ihn toll. Manchmal denke ich sogar, dass sie eifersüchtig ist, dass sie selbst gerne diejenige wäre, die Leon über den Tod von Ruth hinwegtröstet. Franka könnte es mir niemals verzeihen, wenn ich Leon unglücklich machen würde. Und ich weiß ja selbst, dass ich mir diesen Phil aus dem Kopf schlagen muss. Dazu brauche ich keinen Rat. Auch nicht den meiner besten Freundin. Sie würde es nicht verstehen. Keiner würde es verstehen. Wie sollten sie auch. Wie soll irgendjemand etwas verstehen, was ich selbst nicht verstehe?

Als der Unterricht endlich aus ist, will ich nur noch weg. Ich schwinge mich auf mein Rad und trete in die Pedale. Erst drei Straßen weiter merke ich, dass ich nicht nach Hause fahre und auch nicht zu Leon, sondern zum Friedhof.

Ich sollte anhalten. Sollte meinem Herzen sagen, dass es sinnlos ist. Dass man nicht fliehen kann. Das weiß ich doch seit über einem Jahr. Aber ich fahre weiter.

Am Friedhof schließe ich mein Rad ab und renne los, als könnte der Engel, der da seit mehr als hundert Jahren steht, plötzlich verschwunden sein. Ich muss ihn erst sehen, mit eigenen Augen sehen, bevor ich wieder atmen kann.

Als ich die Lichtung betrete, halte ich die Anspannung kaum noch aus. Die Luft knistert vor Elektrizität, mein Herz schlägt bis zum Hals, die Panik, alles könnte anders sein, kriecht als ziehender Schmerz bis in meine Fingerspitzen.

Am liebsten würde ich einfach die Augen schließen. Aber dann sehe ich den Engel schon von Weitem, meinen Rosenengel. Er ist noch da und scheint zu sagen: *Ich werde immer da sein, warum vertraust du mir nicht? Wie könnte ich denn davonfliegen mit diesen steinernen Schwingen?*

Vor dem Engel kniet Phil, neben sich zwei Körbe und eine Gießkanne. Er sieht mich nicht. Kniet mit dem Rücken zu mir und schneidet verwelkte Blüten ab, die er in einen Korb wirft. Ich bleibe stehen, atme dieses Bild ein, inhaliere die Schönheit dieses Augenblicks.

Leise, um Phil nicht zu stören, ziehe ich die Zeichensachen aus meinem Rucksack. Zum Glück habe ich sie heute Morgen mitgenommen. Ich lege den Rucksack auf den Boden, breite meine Jacke daneben aus und setze mich darauf. In dem Moment dreht Phil sich zu mir um.

»Ich habe auf dich gewartet«, sagt er, und es klingt, als meinte er damit nicht nur diesen Vormittag, sondern sein ganzes Leben.

»Ich wollte gar nicht kommen«, antworte ich und mein Herz schlägt mir bis zum Hals.

»Du musst doch dein Bild fertig malen.« Er wirft die Schere in einen der Körbe und wischt sich die Hände an seiner Hose ab. Dann nimmt er von irgendwoher eine Flasche Wasser, schraubt sie auf, trinkt einen Schluck und hält sie mir hin. »Hast du auch Durst?«

Erst will ich den Kopf schütteln, aber meine Hand greift einfach nach der Flasche, berührt wie zufällig seine Finger. Als ich die Flasche an die Lippen setze, muss ich an Phils Lippen denken und versuche, ihrem Geschmack nachzuspüren.

»Keine Decke heute?« Phil lächelt und zeigt auf meine Jacke.

»Ich komme direkt aus der Schule.« Ich schraube die Flasche wieder zu und gebe sie Phil zurück. »Danke.«

Phil setzt sich neben mich und für einen Augenblick betrachten wir schweigend den Engel. Ich genieße es, mit ihm zu schweigen. Einfach nur dazusitzen. Den Blick schweifen zu lassen. Der Stille zu lauschen. Zum ersten Mal seit einer halben Ewigkeit ist die Stille nicht mein Feind.

»Kommst du ... kommst du oft hierher?«, fragt Phil unsicher. Mir gefällt der Gedanke, dass er genauso verlegen sein könnte wie ich. Ich schüttele den Kopf.

»In letzter Zeit nicht mehr. Früher war ich oft hier. Zum Üben. Ich möchte gerne Kunst studieren. Aber dann ...« Ich halte kurz inne. Weiß nicht, was ich sagen soll. »Ich mag keine Friedhöfe«, füge ich leise hinzu. »Hier halte ich es nur aus, weil es mehr ein Park als ein Friedhof ist.«

Phil nickt. Ich bin ihm dankbar, dass er nicht weiter nachfragt.

»Ich mag Friedhöfe gerne«, erklärt er mir. »Ich genieße die Ruhe, die von ihnen ausgeht. Aber ewig möchte ich auch nicht auf einem Friedhof arbeiten. Eigentlich bin ich nur hier, um mir ein bisschen Geld zu verdienen, damit ich bald nach England gehen kann.«

Nach England? Warum versetzt es mir einen Stich, wenn Phil mir erzählt, dass er nach England gehen will? Es fühlt sich an, als sei ein Traum zu Ende, noch bevor ich angefangen habe, ihn zu träumen.

»Was ist in England?« Eigentlich will ich diese Frage gar nicht stellen, weil ich mir sicher bin, dass ich die Antwort darauf nicht wissen will.

»Ich möchte dort Gartenbau studieren. Und Architektur vielleicht. Oder auch Kunst. Aber vor allem möchte ich die großen alten Gärten dort besuchen.«

Ich beneide Phil um das Leuchten in seinen Augen, als er anfängt, mir von seinem Traum zu erzählen.

»Dafür spare ich jeden Cent. Okay: fast jeden.« Er lächelt. »Einen Teil des Geldes habe ich für die Rosen ausgegeben.« Er nickt zu dem Beet. »Die Friedhofsverwaltung wollte Efeu. Keine Rosen.«

»Und warum weiße Rosen? Warum nicht rote?« Fragend sehe ich Phil an. »Ich meine, warum hat dieser Bildhauer damals eine weiße Rose gepflanzt?«

Phil zuckt mit den Schultern.

»Ich weiß es nicht. Aber ich finde die weißen Rosen wunderschön. Und schließlich stehen sie ja auch für die Reinheit der Liebe. Wenn der Engel tatsächlich für eine tote Geliebte errichtet worden ist, sind die weißen Rosen doch eigentlich sehr passend.«

«Weiße Rosen stehen für die reine Liebe?«

Das wusste ich nicht. Bisher hatte ich immer nur rote Rosen mit Liebe in Verbindung gebracht. Die weißen Rosen standen für mich für den Tod. Wieder sehe ich Ruths Sarg vor mir und die Rosen auf seinem Deckel.

Ich betrachte den Engel auf meiner Zeichnung. Dort, wo eigentlich Rosen zu seinen Füßen wachsen müssten, umspülen schäumende Wellen sein Gewand. Ich habe ihn so gezeichnet, wie ich ihn bei unserer ersten Begegnung gesehen habe.

»Wie Venus ...«, murmelt Phil. »Jetzt weiß ich auch, an wen mich der Engel die ganze Zeit erinnert.«

»Venus?« Ich verstehe nicht.

»Die Geburt der Venus. Von Botticelli. Kennst du das nicht?«

Doch. Natürlich kenne ich das berühmte Bild. Ich wundere mich mehr, dass Phil es kennt, aber offensichtlich scheint er sich ja auch für Kunst zu interessieren.

»Venus ist ja die römische Bezeichnung für die griechische Göttin Aphrodite«, erklärt er mir. »Der Legende nach wurde sie aus dem Schaum des Meeres geboren. Den Augenblick, als sie aus dem Meer steigt und zum ersten Mal Land betritt, hat Botticelli in seinem Werk dargestellt.«

Ich nicke. Plötzlich bin ich ganz aufgeregt. »Und auf dem Bild regnet es weiße Rosen vom Himmel herab!«, platze ich heraus.

Phil lächelt.

»Was daran liegt, dass es zu der Zeit von Venus noch keine anderen Rosen gab als weiße.«

Mein Gesicht ist vermutlich ein einziges Fragezeichen.

»Venus, also Aphrodite, war verheiratet mit Hephaistos, dem Gott des Feuers und der Schmiedekunst. Leider war Aphrodite keine besonders treue Ehefrau.« Phil lächelt schief.

»Was ist passiert?«

»Aphrodite betrog ihren Ehemann. Und aus Rache tötete der seinen Nebenbuhler Adonis. Als Aphrodite zu ihrem sterbenden Geliebten eilen wollte, trat sie in die Dornen der Rosen.«

»Und dann blutete sie?«

Ich ahne, wie die Geschichte weitergeht. Und ich könnte seinen Worten noch stundenlang lauschen. Noch nie zuvor habe ich jemanden getroffen, mit dem ich mich über diese Dinge unterhalten kann.

Phil nickt. »Aphrodite verletzte sich an den Dornen und ihr Blut färbte die weißen Rosen rot. Erst seit der Untreue dieser Göttin gibt es also rote Rosen. Seitdem stehen die weißen Rosen für die reine Liebe, während die roten Rosen zum Symbol für Begierde und Leidenschaft wurden.«

Phil steht auf und schlendert zu dem Blumenbeet. Er nimmt die Schere wieder aus dem Korb, bückt sich und schneidet eine der Rosen ab. Er lächelt, als er sich zu mir herunterbeugt und die Rose auf meine Zeichnung legt. Ich nehme die Rose behutsam in die Hand. Am liebsten würde ich sie sofort nach Hause bringen und ins Wasser stellen. Gleichzeitig wünsche ich mir, dieser Moment würde niemals vergehen.

»Es gibt sogar ein Gedicht über die Rosen und das Meer.«

Phil greift in seine Hosentasche und zieht ein kleines, in Papier eingeschlagenes Büchlein heraus. »Ich habe es in einem Antiquariat gefunden«, erklärt er, als wollte er sich entschuldigen. »Es ist ein Gedichtband – nur mit Rosengedichten.« Phil schlägt das Buch auf. »Hier, hör mal:

Es schwamm im Meer, im rauschenden Meer,
Eine sturmgebrochne Rose her,
Eine Rose, voll und licht;
Sie schwamm auf schaukelnder Wogenbahn
Hinab, hinan,
Rings um sie rauschte der Ozean,
Und er verschlang sie nicht.«

Ich weiß nicht, warum, aber plötzlich wird mir kalt. Mir ist, als könnte ich das Tosen des Wassers hören, und da, wo eben noch so viel Wärme war, ist nichts als bittere Kälte, in der mein Herz zu Eis gefriert.

»Der Korb ist ziemlich schwer. Dürfte ich vielleicht ...«, sagte der Junge mit den Blumenkörben, und erst in diesem Moment fiel mir auf, dass ich ihn die ganze Zeit wortlos angestarrt hatte.

»Ja, ja, natürlich.«

Verlegen machte ich einen Schritt zur Seite und ließ ihn ins Haus.

Im Vorbeilaufen streifte er meinen Arm und meine Haut stand in Flammen. Die Intensität seiner Berührung, die doch eigentlich nur ein Hauch gewesen war, verwirrte mich. Die Zeit schien auf einmal stillzustehen.

»Hast du noch nie weiße Rosen gesehen?«, fragte er und musterte mich belustigt.

»Nein – doch – natürlich.« Ich schämte mich für mein Gestammel. »Aber ich wusste nicht, dass sie im Oktober noch blühen.«

Behutsam strich er mit einer Hand über die Pflanzen. Mein Blick folgte seinen Fingern.

»Sie blühen sogar im November noch, wenn man sie richtig behandelt.«

»Ah, da sind ja die Blumen für unseren Empfang!«

Mama. Ich fuhr herum und fiel aus dem Augenblick zurück in die Wirklichkeit.

»Johanna! Sind sie nicht wunderschön?«

Mama betrachtete mich mit gerunzelter Stirn.

Ich nickte schnell und murmelte etwas Zustimmendes.

Als der Blumenjunge auch den letzten Korb ins Haus gebracht hatte, drückte Mama ihm ein paar Münzen in die Hand.

»Vielen Dank. Die Blumen werden einen wunderbaren Rahmen für die Verlobungsfeier meiner Tochter abgeben. Nicht wahr, Johanna?«

Ich zuckte zusammen.

Der Junge bedankte sich bei ihr mit einer Verbeugung. Als er sich wieder aufrichtete, zwinkerte er mir zu und überreichte mir eine Rose.

Und der wilde Knabe brach
's Röslein auf der Heiden;
Röslein wehrte sich und stach,
Half ihm doch kein Weh und Ach,
Mußt' es eben leiden.
Röslein, Röslein, Röslein rot,
Röslein auf der Heiden.

(Johann Wolfgang von Goethe, 1749-1832)

Der Weg zu Leon ist viel zu kurz, um meine Verwirrung abzuschütteln. Fast fluchtartig habe ich den Friedhof verlassen. Es scheint für mich langsam zur Gewohnheit zu werden, mit dem Fahrrad wie eine Besessene durch die Stadt zu rasen. Während ich in die Pedale trete, sehe ich die ganze Zeit Phils Gesicht vor mir.

Sein Lächeln, als er mir die Rose überreicht, das Leuchten in seinen Augen, als er über seine Träume spricht. Die Ernsthaftigkeit, mit der er Gedichte liest, und die Wärme in seiner Stimme, wenn er von Liebe spricht. Und natürlich auch die Verwirrung in seinem Blick, als ich plötzlich losgestürzt und davongelaufen bin.

Ich weiß, dass ich so etwas noch nie erlebt habe. Noch nie zuvor bin ich einem Menschen begegnet, der mir so sehr das Gefühl gab, die Welt mit meinen Augen zu sehen.

Ich trete fester in die Pedale. So fest, dass mein Atem schneller geht, Schweißtropfen über mein Gesicht laufen, so fest, bis ich nicht mehr weiß, ob der stechende Schmerz in meiner Brust nur der Schmerz der Anstrengung oder ein Schmerz der Sehnsucht ist. Sehnsucht nach etwas, das nicht sein darf.

Fast verzweifelt zwinge ich mich, an Leon zu denken. An seine Augen, sein trauriges Lächeln, an die Zärtlichkeiten, um die er sich bemüht. Ich darf ihn nicht im Stich lassen. Ich darf nicht schon wieder alles verkehrt machen. Die Verantwortung liegt auf meinem Herzen wie ein Stein, der mich in die Tiefe zieht.

Wenn ich wenigstens mit jemandem darüber reden könnte. Aber wer sollte das sein? Meine Mutter, die rund um die Uhr alles daran setzt, dass ich Leon glücklich und sie vergessen mache, dass sie eine Tochter verloren hat? Mein Vater, der sich wünscht, dass ich Physik studiere, damit die Gespräche nicht aufhören am Tisch und seine Träume nicht ausgeträumt sind? Mit Leon, der in mir das sucht, was er mit Ruth verloren hat? Oder mit Franka, für die das ganze Leben doch nur eine einzige große Party ist? Ich weiß, dass ich Franka mit diesem Gedanken Unrecht tue.

»He, pass doch auf!«

Eine Frau zerrt gerade noch ihren Hund an der Leine vom Radweg.

»Blöder Köter!« Obwohl ich fast stürze, trete ich weiter in die Pedale, als sei der Teufel hinter mir her.

Die Tränen laufen mir über die Wangen, mischen sich mit den Schweißtropfen, Salzwasser, das mir die Luft zum Atmen nimmt.

Schlag ihn dir aus dem Kopf, Anna! Schlag dir diesen Phil aus dem Kopf!

Als ich in der Straße ankomme, in der Leon wohnt, bin ich vollkommen außer Atem. Ich springe vom Rad und schiebe es das letzte Stück, bis ich mich so weit beruhigt habe, dass ich zumindest aufhören kann zu weinen. Ich schließe mein Rad an und laufe ein paar Meter auf und ab, bevor ich klingele.

Leon öffnet die Tür so schnell, als hätte er auf mich gewartet. Vielleicht hat er mich schon beim Ankommen beobachtet. Vielleicht stand er schon am Fenster und hat Ausschau nach mir gehalten. Hoffentlich nicht. Ich will nicht, dass Leon sich Sorgen macht. Dafür gibt es überhaupt keinen Grund.

»Was für ein Wetter!«, plaudere ich drauflos. »Ich glaube, so heiß war es noch nie.« Ich drücke ihm einen Kuss auf die Wange, einen unverfänglichen Kuss, und schiebe mich an ihm vorbei in die Wohnung.

»Kann ich schnell duschen? Ich bin echt völlig durchgeschwitzt.«

Leon zuckt mit den Schultern. »Klar, warum nicht? Ich mach uns so lange einen Kaffee, in Ordnung?«

Ich nicke dankbar und verschwinde im Badezimmer.

Auf dem Regal steht immer noch Ruths Parfüm, auf dem Badewannenrand ihr Duschgel. Ruth mochte blumige Düfte, ich mag eher sportliche. Selbst Ruths Kajalstifte stehen noch in Leons Zahnputzbecher, und da ich mich kaum schminke, werden sie wohl noch ewig dort stehen.

Ich vermeide den Blick in den Spiegel. Er erinnert mich daran, wie ich das erste Mal bei Leon duschte. Ich kletterte in die Wanne, zog den kitschigen blauen Plastikvorhang zu, drehte das Wasser auf und hielt den Kopf unter den Wasserstrahl. Das Wasser war so heiß, dass ich mich fast verbrannte, und doch war mir so entsetzlich kalt. Als ich fertig war, war meine Haut krebsrot und das Bad eine einzige Dampfsauna. Ich zog den Vorhang zur Seite, griff blind nach meinem Handtuch und wickelte mich darin ein.

Vorsichtig kletterte ich aus der Wanne, tastete mich zum Waschbecken vor und schaute in den Spiegel, der beschlagen war. Und dann habe ich nur noch geschrien.

Dein. Für immer und ewig. Ruth.

Ruth hatte diese Worte einmal mit Lippenstift auf den Spiegel geschrieben. Die Farbe des Lippenstifts war längst verblasst, aber der Fettfilm war geblieben und holte Ruths Worte zurück, immer wenn der Spiegel beschlug.

Nach der Dusche wickele ich mich in Leons Bademantel und gehe durch den Flur in seine winzige Küche.

Ich greife nach dem Becher Kaffee, den er mir hinhält, und nippe vorsichtig daran.

»Wie war es in der Schule?«

Ich weiß, die Frage ist lieb gemeint, aber jedes Mal, wenn Leon mich nach der Schule fragt, fühle ich mich wie ein kleines Kind, wie *sein* Kind, nicht wie seine Freundin.

»Ganz okay.« Ich mag nicht über die Schule reden. Was sollte ich Leon auch erzählen? Dass ich fast meine ganze freie Zeit dort auf dem Schulklo verbringe und allen aus dem Weg gehe?

»In Mathe habe ich heute nicht viel mitbekommen. Ich fürchte, bei den Hausaufgaben musst du mir helfen.« Das ist die totale Untertreibung. Tatsächlich kann ich mich nicht einmal daran erinnern, ob Paulsen uns überhaupt Hausaufgaben aufgegeben hat.

Leon lächelt und nickt. »Klar, mach ich gerne.« Und fügt dann hinzu: »Warst du wieder zeichnen?«

Bilde ich mir das nur ein oder klingt seine Stimme vorwurfsvoll? Ich fühle, wie sich Trotz in mir regt.

»Nur kurz.«

In diesem Moment fällt mir die Rose ein, die Phil mir geschenkt hat.

Ich springe auf, stürze zu meinem Rucksack im Flur und hole sie vorsichtig aus dem Seitenfach. Besonders gut sieht sie nicht mehr aus. In der Küche fülle ich ein Glas mit Wasser und stelle sie hinein. Leon beobachtet jede meiner Bewegungen argwöhnisch.

»Ich brauche sie zum Abzeichnen«, erkläre ich ihm schnell und bringe die Rose in Leons Wohnzimmer. Um wenigstens ein bisschen glaubwürdig zu wirken, hole ich meine Zeichensachen aus dem Rucksack und lege sie neben die Rose auf den Tisch.

»Das mit gestern tut mir leid.« Leon steht plötzlich hinter mir, stellt die beiden Kaffeetassen ab, dann schlingt er die Arme um meinen Körper und vergräbt sein Gesicht in meinem Nacken. Ich halte kurz die Luft an. Verbanne die Erinnerung an Phil.

Ich will Leon sagen, wie gut sich seine Arme anfühlen. Will ihm sagen, dass er sich nicht entschuldigen muss, dass es mein Fehler war, dass es mir leidtut, wenn ich ihn verletzt habe. Ich will so vieles sagen. Aber dann sage ich nur: »Ist schon gut.«

Ich drehe mich in Leons Armen, um ihm in die Augen sehen zu können. »Rosen und Engel sind ja wirklich ein bisschen kitschig.«

Leon küsst mich auf die Stirn. Wieder fühle ich mich klein neben ihm. Dann schiebt er mich ein Stückchen von sich weg.

»Wie bist du eigentlich ausgerechnet auf diesen Engel gekommen?«

»Ich habe ihn auf einer Lichtung auf dem Friedhof entdeckt. Eigentlich bin ich nur hinter einer Katze hergelaufen.«

»Mein Kätzchen.« Leon lächelt und küsst mich auf den Mund.

Ich drehe den Kopf weg. Ich mag jetzt nicht küssen.

»Der Engel steht mitten in einem Beet aus weißen Rosen«, erzähle ich ihm. »Wie Meeresschaum sehen die Rosen aus, wunderschön, deshalb habe ich sie auch so gezeichnet.«

Ich schlage meinen Skizzenblock auf, weiß gleichzeitig, dass ich nur von den Zärtlichkeiten ablenken will, nach denen Leon so sucht, und habe ein schlechtes Gewissen. Leon schiebt den Block weg. Ich versuche, mir meine Enttäuschung nicht anmerken zu lassen.

»Hast du gewusst, dass früher alle Rosen weiß waren? Und dass die weiße Rose für die reine Liebe steht?«

In dem Moment, in dem ich sie ausspreche, bereue ich meine Frage auch schon.

»Alle Rosen waren weiß?« Leon zieht die Augenbrauen hoch. »Bist du jetzt unter die Märchenerzähler gegangen?«

Seine Hand wandert in den Ausschnitt meines Bademantels und schiebt ihn zur Seite. Schnell winde ich mich aus Leons Armen. Ich ertrage seine Berührungen heute nicht.

»Es ist kein Märchen«, korrigiere ich ihn und setze mich aufs Sofa. »Aphrodite, die griechische Göttin, ist daran schuld, dass es heute rote Rosen gibt.«

»Da bin ich ihr jetzt aber ausgesprochen dankbar«, murmelt Leon, während er sich neben mich setzt und mich wieder zu sich zieht. Seine Lippen pressen sich hart auf meine.

Ich muss an den Rosenengel denken und an den Bildhauer, der seiner Geliebten mit dieser Skulptur ein Denkmal geschaffen hat. An was sie wohl gestorben ist? Vermutlich an irgendeiner Krankheit. Wie verzweifelt muss jemand geliebt haben, um trotz aller Trauer so etwas Wunderschönes zu schaffen? Wie viel Liebe ist nötig, um dem Schmerz mit so viel Leidenschaft zu begegnen?

Auf einmal komme ich mir schäbig vor, weil ich es nicht einmal zu Ruths Grab schaffe, um ein paar Blumen dort hinzulegen.

Ich spüre Leons Zunge zwischen meinen Lippen. Ich schließe die Augen. Bemühe mich, seinen Kuss zu erwidern, aber es will mir nicht gelingen. Mein Mund will sich nicht öffnen.

»Verdammt noch mal, Anna, was ist los mit dir?« Leon mault wie ein Kind, dem man sein Spielzeug weggenommen hat.

Betroffen sehe ich ihn an. »Was soll los sein? Ich wollte dir doch nur was erzählen.«

»Seit du wieder mit der Malerei angefangen hast, benimmst du dich anders. Komisch irgendwie.«

»Wie meinst du das? Komisch?« Ich erschrecke darüber, wie gereizt meine Stimme auf einmal klingt.

»Du redest nur noch über diesen Engel. Und über Rosen. Dabei hast du Friedhöfe doch bisher gemieden wie die Pest. Nicht mal zu ihrem Todestag warst du an Ruths Grab.«

Dass er ihren Namen ausspricht, *wie* er ihren Namen ausspricht, versetzt mir einen Stich. Das schlechte Gewissen holt mich wieder ein. Und die Erkenntnis, dass Ruth immer da sein wird.

Mein Blick fällt auf die Rose im Wasserglas.

»Das ist ... das ist nicht wahr. Dass ich nur noch von Engeln rede, meine ich.« Ich ärgere mich über mein Gestotter. Schließlich bin ich Leon keine Rechenschaft schuldig. Oder etwa doch? »Ich habe den Rosenengel ganz zufällig entdeckt, und weil ich sowieso zeichnen üben wollte, schien er mir ganz passend zu sein.«

Außerdem wollte ich ihn dir schenken, füge ich in Gedanken hinzu. Aber dass das keine gute Idee war, habe ich längst begriffen.

Leon drückt sich wieder enger an mich.

»Dann lass uns endlich aufhören, darüber zu reden, Kätzchen.« Er fängt an, mein Gesicht mit Küssen zu bedecken. »Weißt du eigentlich, wie sehr ich dich vermisst habe?«, flüstert er und greift mir in die Haare. Ich presse meine Lippen zusammen, um nicht wieder das Falsche zu sagen.

Leons Hand wandert über meinen Nacken, über meinen Rücken, dann macht er sich an dem Gürtel des Bademantels zu schaffen.

Aphrodite war keine treue Ehefrau, schießt es mir durch den Kopf und innerlich verfluche ich mich für diesen Gedanken. Ich schließe die Augen und versuche, mich wieder auf Leon zu konzentrieren. Auf seine

Hände, die es jetzt geschafft haben, meinen Bademantel zu öffnen, auf seinen Mund, der von meinem
Gesicht über meinen Hals nach unten wandert, bis hin
zu meinen Brüsten, die er zärtlich küsst.

Ich atme tief ein und schiebe meine Hände unter Leons T-Shirt, fühle seine Haut, die überraschend kühl
ist, spüre, wie er sich mir entgegendrängt, wie seine
Hände fester zupacken, wie seine Küsse stürmischer
werden, und ich will mehr davon, will ihn überall
spüren, will, dass seine Zärtlichkeit, sein Verlangen,
seine Sehnsucht nur mir gelten. Mir allein.

Irgendjemand hat einmal gesagt, dass etwas erst
dann Vergangenheit ist, wenn man daran denken kann,
ohne dass es wehtut. Ob es je aufhören wird, wehzu-
tun, an Ruth zu denken?

Ich spüre, wie ich mich versteife, wie ich ein Stück
von Leon abrücke, auch er hat das gespürt, hält kurz
inne, um mich dann nur noch fester an sich zu ziehen
und mir den Bademantel endgültig von den Schultern
zu streifen.

Ich sehe Phil, wie er mir die Wasserflasche reicht,
spüre die Berührung seiner Finger, fühle wieder die
Stromstöße durch meinen Körper jagen, sehe die gol-
denen Punkte in seinen dunklen Augen, höre seine
Stimme, die mir von Malern, Blumen, von der Liebe
und von Gärten erzählt, und plötzlich fühlen sich Leons
Hände nur noch falsch an. Alles, was ich hier tue, fühlt
sich vollkommen falsch an.

Ich sollte hier nicht sein. Ich hätte hier niemals sein dürfen.

Ich schiebe Leon weg, springe vom Sofa auf und zerre den Bademantel wieder über meine Schultern. Leon versucht, mich festzuhalten, greift nach mir, erwischt aber nur ein Stück Stoff, das ich ihm sofort entreiße.

»Ich will das nicht!«, fauche ich ihn an.

Leon sieht aus, als hätte ich ihn ins Gesicht geschlagen, seine Augen sind voller Fragen.

»Was?«, stammelt er, presst dann aber die Lippen zusammen, runzelt kurz die Stirn, atmet tief aus, dann wieder ein und auf einmal wird sein Blick ganz kalt.

»Wer?«, fragt er schließlich und ich verstehe ihn nicht sofort. »Wer ist es?«

Leon steht auf und trinkt einen Schluck Kaffee, als müsste er sich stärken vor meiner Antwort. Und auf einmal begreife ich: Leon denkt, dass ich einen anderen habe. Er denkt, ich würde ihn betrügen und hätte deshalb keine Lust auf seine Zärtlichkeiten. Er denkt, dass ich ihm untreu bin, dass ich ihn hintergehe. *Wie Aphrodite.*

Ich versuche, ihn wieder zu mir zu ziehen, aber er macht einen Schritt zur Seite, sodass meine Hand ins Leere greift.

»Ich weiß nicht, wovon du sprichst.« Meine Stimme will mir nicht gehorchen. Sie klingt ganz piepsig.

Da ist nichts, versuche ich mich zu beruhigen, nichts, weswegen du ein schlechtes Gewissen haben müsstest.

»Da ist nichts«, wiederhole ich noch einmal laut, in der Hoffnung, dass Leon mir glaubt. »Aber vermutlich ist es trotzdem besser, wenn ich jetzt gehe.«

»Warum willst du gehen?« Wieder klingt Leon wie ein verletztes Kind und die Traurigkeit in seiner Stimme schneidet mir tief ins Herz. Er macht einen Schritt auf mich zu, aber ich weiche zurück, ich kann nicht, ich will das jetzt nicht.

»Na gut, dann halt nicht.« Leon knallt seine Kaffeetasse auf den Tisch. »Oh ... Entschuldige bitte, das wollte ich nicht ...«

Ich starre auf die Tasse, die umgekippt auf dem Tisch liegt, starre auf den Kaffee, der über den Tisch, über meinen Skizzenblock, über meine Zeichnung läuft, erst nur die Füße des Engels berührt, sich dann in sein Gewand saugt, sein Gesicht befleckt. Obwohl ich das nicht will, steigen mir Tränen in die Augen.

»Du Idiot! Warum hast du das getan?«

Ich reiße das Bild hoch, Kaffee läuft daran herunter, tropft auf den Tisch, auf den Fußboden, aber das ist mir egal. Leon dreht sich ohne ein Wort um und geht in die Küche. Als er mit einem Lappen zurückkommt, stürze ich an ihm vorbei ins Bad, um meine Kleider zu holen. Ich verstehe nicht, was passiert ist, verstehe nicht, was mit mir passiert, ich verstehe nur, dass ich schon wieder alles falsch gemacht habe.

Und dann will ich nur noch weg.

Ich lag auf meinem Bett und dachte an den Jungen.

Dachte an seine Finger, die so zärtlich die Rose berührt und an seine Augen, die meine Seele gestreift hatten. Seit einer Woche tat ich nichts anderes.

Am Tag lief ich wie eine Schlafwandlerin durchs Haus und in der Nacht lag ich wach, lauschte dem Klopfen meines Herzens.

Die Rose hatte ich an einem geheimen Ort zum Trocknen aufgehängt. Früher hatte ich mich dort immer vor Leonard versteckt, wenn wir spielten – im Schuppen in unserem Garten –, jetzt versteckte ich dort ein Geheimnis vor ihm, das nur mir gehörte, das mir süß im Herzen brannte und das mich für Momente vergessen ließ, dass ich mein geliebtes Zuhause schon bald für immer verlassen würde.

Alles um mich herum wurde mit einem Mal zur Vergangenheit. Alles würden wir zurücklassen müssen, all unsere Erinnerungen, unsere Geräusche, unsere Lieblingsplätze, unsere Freunde, sogar unsere Sprache.

Papa hatte von der Reederei viele Kontrollscheine und Listen erhalten, die es zu beachten galt. Vor allem die langen Packlisten bereiteten Mama großes Kopfzerbrechen.

Jeder von uns durfte nur eine begrenzte Menge an Gepäck mit aufs Schiff nehmen. Der Rest sollte eingelagert werden, und meine Eltern hofften, all die Kisten, Truhen und Möbel später noch nachholen zu können.

Leonard kam jetzt fast täglich mit neuen Geschichten aus dem Land, in dem Milch und Honig flossen, wollte man seinen Erzählungen Glauben schenken.

Ich mochte seine Geschichten nicht, sie machten mich traurig. Also verschwand ich in mein Zimmer, als er kam. Vorwände gab es genug. Immerhin gab es noch Berge von Wäsche zu sortieren: Nachthemden, Unterhemden, Taghemden, Unterröcke, Unterkleider, Taschentücher, Strümpfe. An alles musste gedacht werden.

Ich ließ meinen Blick durch das Zimmer schweifen, das sich gar nicht mehr wie meines anfühlte. Ich sah die leere Kommode, die Bücherregale, in denen kein einziges Buch mehr stand.

Dann fiel mein Blick auf eine angefangene Stickerei.

Behutsam strich ich über den feinen Damast und fragte mich gerade, ob meine Wäsche in diesem fernen Land wohl noch genauso riechen würde oder ob wir neben allem anderen auch die vertrauten Düfte zurücklassen mussten, als mein Herzschlag für einen Moment aussetzte.

Mitten auf meinem Bett lag eine weiße Rose.

Und daneben ein kleiner Briefumschlag.

Am Sims aus der Vase blicken
Längst welk Deine Rosen und tot,
Die geprangt dem Aug' zum Entzücken
In Weiß und Purpurrot!
Doch schwand auch ihr Farbenschimmer,
Sind auch die Kronen verdorrt,
Es strömte ihr Duft in mein Zimmer
Und weht da belebend fort!
So wird's mit der Liebe kommen,
Die kurz mir nur geblüht,
Mir lebt, ob verwelkt sie, verglommen,
Mit webt sie fort im Gemüt!

(Sidonie Grünwald-Zerkowitz, 1852-1907)

Diesmal rase ich nicht wie von der Tarantel gestochen durch die Straßen. Diesmal fahre ich langsam und vollkommen planlos durch die Stadt.

Ich habe keine Ahnung, was ich jetzt machen soll, und am liebsten würde ich ewig so weiterfahren.

Erst als ein Autofahrer wütend hupt, merke ich, dass ich mich fast im Schritttempo durch den dichten Verkehr vor dem Hauptbahnhof bewege.

Schnell springe ich vom Rad, um es über die Straße zu schieben. Ein Taxi fährt haarscharf an mir vorbei, der

Taxifahrer brüllt etwas Unverständliches aus dem offenen Fenster und droht mir mit der Faust.

Ich beschließe, mein Fahrrad durch die *Lange Reihe* zu schieben, die Straße, die vom Hauptbahnhof in Richtung Außenalster führt. Im Gegensatz zu den großen Einkaufspassagen auf der anderen Seite des Bahnhofs reihen sich hier viele kleine Läden bunt aneinander.

Neben türkischen Süßigkeiten gibt es hier arabischen Kaffee oder irische Wolle, winzige Secondhandläden, italienische Schuhe, selbst wer alte Schallplatten sucht, wird fündig.

Früher bin ich oft mit Franka durch die *Lange Reihe* geschlendert, auf der Suche nach verrückten Klamotten oder ausgefallenen Geschenken. Heute nehme ich die Schaufenster kaum wahr.

Ich bin so wütend.

Wütend auf Leon, der meine Zeichnung zerstört hat, wütend auf meine Eltern, die mir dauernd das Gefühl geben, alles falsch zu machen, wütend auf mich, weil ein Junge mit dunklen Augen es schafft, mich so durcheinanderzubringen.

Aber die größte Wut gilt meiner Schwester, die sich einfach aus dem Staub gemacht und mich in diesem ganzen Chaos zurückgelassen hat.

Ich habe diesen Gedanken noch nicht richtig zu Ende gedacht, als ich mich schon fürchterlich dafür schäme. Was ist nur mit mir los? Wie um alles in der Welt kann ich so etwas denken? Das klingt ja gerade so, als sei

Ruth absichtlich gestorben, nur um mich unglücklich zu machen.

Ich bleibe stehen und wische mir mit dem Arm den Schweiß von der Stirn. Und hoffe gleichzeitig, damit auch meine Gedanken wegwischen zu können. Ruth wollte nicht sterben, und wenn überhaupt jemand die Schuld an ihrem Tod trägt, dann bin ich das und niemand sonst. Und als ob das nicht alles schon schlimm genug wäre, kann ich offensichtlich nicht damit aufhören, die Menschen um mich herum unglücklich zu machen. Allen voran Leon.

Ich werde es wiedergutmachen, beschließe ich. Ich werde das mit Leon wiedergutmachen. Vielleicht kann ich ihm ein Geschenk kaufen. Irgendetwas Hübsches, das ihm zeigt, dass es nicht so ist, wie er denkt. Dass es niemanden in meinem Leben gibt, der ihm seinen Platz streitig machen könnte.

Ich schaue mich um. In welchem der Läden hier könnte es etwas geben, das Leon gefällt? Soll ich ihm etwas Süßes kaufen? Oder lieber ein Buch? Irgendetwas Witziges zum Anziehen?

Wieder einmal wird mir klar, wie wenig ich meinen Freund eigentlich kenne. Was außer den Biografien berühmter Physiker oder Mathematiker könnte ihn noch interessieren?

Auf der anderen Straßenseite entdecke ich einen kleinen antiquarischen Buchladen. Ich parke mein Fahrrad an einer Laterne und schließe es ab.

Als ich mich wieder aufrichte, bleibt mein Herz stehen. Phil. Gerade noch kann ich sein grünes T-Shirt und seinen dunklen Haarschopf erkennen, als sich auch schon die Ladentür hinter ihm schließt.

Ich verfluche mein Schicksal. Hamburg ist eine Stadt mit über 1,8 Millionen Einwohnern. Konnte Phil sich nicht irgendeinen anderen Buchladen für seinen Einkauf aussuchen?

Wie von einem Magneten angezogen, überquere ich die Straße. Nach welchen Büchern jemand wie Phil wohl sucht? Noch mehr Rosengedichte?

Vor dem Schaufenster bleibe ich stehen. Lege die Stirn an die kühle Scheibe und versuche, etwas zu erkennen. Der Laden ist winzig und ein bisschen düster. Der Junge, der dafür verantwortlich ist, dass ich mir jetzt mit angehaltenem Atem die Nase an der Scheibe plattdrücke, steht mit dem Rücken zu mir und unterhält sich mit einem Mädchen hinter der Ladentheke. Sie ist hübsch, schießt es mir durch den Kopf.

Unwillkürlich graben sich meine Fingernägel in meine Handflächen.

Phil beugt sich vor und flüstert dem Mädchen etwas ins Ohr. Das Mädchen lacht auf. Sie wirft den Kopf in den Nacken und lacht. Auch ohne sie zu hören, kann ich sehen, dass sie glücklich ist.

Schlag ihn dir endlich aus dem Kopf, Anna!

Jetzt schlingt sie die Arme um seinen Hals. Sie ist kleiner als er.

Ich kann sehen, wie sie sich auf die Zehenspitzen stellen muss. Sie zieht ihn zu sich herunter und dann küssen sie sich.

Tränen schießen mir in die Augen. Die Wut kommt zurück. Und jetzt bin ich es, auf die ich wütend bin. Wie konnte ich ernsthaft annehmen, dass ein Junge wie Phil keine Freundin hat?

Hatte ich wirklich geglaubt, dass jemand wie er sich den ganzen Tag ausschließlich um Gräber und Blumen kümmert und nur auf mich gewartet hat?

Die Tür zum Buchladen öffnet sich.

Erschrocken weiche ich zwei Schritte zurück. Er darf mich hier nicht sehen. Hektisch schaue ich mich nach einem Versteck um. Phil darf mich hier auf keinen Fall sehen. Sonst denkt er am Ende noch, ich würde ihm nachspionieren und ihn kreuz und quer durch Hamburg verfolgen. Dass ich nur zufällig vor »seinem« Buchladen stehe, wird er mir wohl kaum abkaufen.

Ich will mich gerade umdrehen, als er mich entdeckt und mir zulächelt. Und ich stehe da wie versteinert und starre ihn einfach nur an.

»Hast du eine Erscheinung?«

Der Junge grinst und fährt sich mit der Hand durch die Haare.

Ich kann nichts sagen. Ich kann nur vollkommen blöd zurückgrinsen und weiterheulen. Der Junge trägt ein grünes T-Shirt und hat dunkle Haare. Aber der Junge ist nicht Phil.

Ich habe einem vollkommen fremden Jungen dabei zugesehen, wie er seine Freundin geküsst hat. Und bin dabei fast gestorben vor Eifersucht.

Es ist nicht Phil. Obwohl ich mir Phil eben noch aus dem Kopf schlagen wollte, macht die Erleichterung darüber sich in mir breit wie ein warmer Sommerregen. Es ist nicht Phil.

Ich griff nach dem Briefumschlag. Meine Hände zitterten so sehr, dass ich ihn kaum öffnen konnte. Von wem war die Rose? Von ihm? Fühlte er genauso wie ich? Hatte er genauso wie ich die ganze Woche an unsere zufällige Begegnung gedacht?

Oder war die Rose von Leonard?

Der Gedanke an diese andere, diese zweite Möglichkeit, erschreckte mich zutiefst.

Leonard hatte mir schon öfter Blumen geschenkt, aber noch nie weiße Rosen. Spürte er etwa, dass meine Gedanken seit unserer Verlobung bei einem anderen Jungen waren?

Das konnte nicht sein. Das durfte nicht sein.

Endlich hatte ich es geschafft. Ein schmaler Zettel flatterte mir entgegen. Von wem war die Nachricht?

Ich zögerte kurz, bevor ich sie las.

Einen Augenblick nur. Einen Moment.

Konnte ein kurzer Augenblick über mein ganzes weiteres Leben entscheiden?

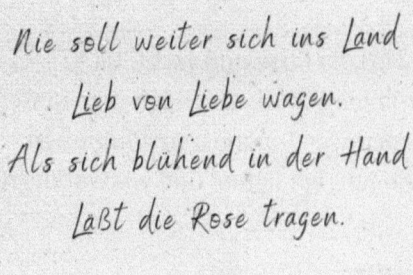

Nie soll weiter sich ins Land
Lieb von Liebe wagen.
Als sich blühend in der Hand
Läßt die Rose tragen.

Philipp

Philipp. So hieß er also, der fremde Junge mit den schönen Rosen und den dunklen Augen. Philipp.

Immer wieder flüsterte ich seinen Namen und etwas in mir zerriss. Nach Amerika würde man keine Rose tragen können. Und Philipp wusste von unserer bevorstehenden Abreise.

Hastig überflog ich die wenigen persönlichen Worte, die er unter das Gedicht gesetzt hatte.

Er bat mich um ein Treffen. Er schrieb, dass er die Körbe am Abend wieder abholen müsse und mich gerne sehen wolle.

In meinem Kopf drehte sich alles.

Mein Gesicht glühte vor Aufregung.

Ich fror und gleichzeitig war mir so heiß, als ob ich Fieber hätte.

Der Abend, an dem Philipp mich treffen wollte, war heute.

Und stille wird die Rose nun verblühen,
Die Blätter fallen schon, eins nach dem andern.
So wird auch unser Jugendstern verglühen –
Wir träumen nur, wir lieben und wir wandern.

(Gottfried Keller, 1819-1890)

Ich wache auf. Schweißgebadet. Und zittere doch gleichzeitig vor Kälte. Ein Schrei hat mich geweckt. Ein lauter, gellender Schrei. Mein Hals fühlt sich rau an, wund. War ich es, die geschrien hat? Oder habe ich diesen Schrei nur geträumt?

Vermutlich, denn alles bleibt ruhig.

Mein Puls rast. Mein Herz klopft so sehr, dass ich meinen Herzschlag im Hals spüre. Ich lege meine Hände auf meinen Brustkorb, als ob ich dadurch den Aufruhr in mir besänftigen könnte. Dabei weiß ich doch, wie sinnlos dieser Versuch ist.

Kurz nach Ruths Tod habe ich oft geschrien in der Nacht. Habe Ruths Namen gerufen. Immer wieder. Sie haben mir Medikamente gegeben, die mich schlafen ließen. Die Schreie hörten auf und die Nächte wurden wieder ruhiger. Zumindest meine Eltern konnten wieder schlafen. Aber die Albträume sind geblieben.

Und es ist immer wieder der gleiche Traum, der mich quält. Ein Traum, der vor einem Jahr angefangen und seitdem nie wieder aufgehört hat.

Ruth hatte keine Chance. Es konnte nie geklärt werden, warum sie von der Straße abgekommen ist. Ob sie müde war? Unaufmerksam? Oder musste sie einem anderen Autofahrer ausweichen? Falls ja, war dieser nach dem Unfall spurlos verschwunden. Die Stelle, an der das Auto durch das Geländer gebrochen ist, ist heute noch zu erkennen. Ich bin nur ein einziges Mal daran vorbeigekommen und seitdem meide ich diese Brücke, nehme lieber Umwege von vielen Kilometern in Kauf. Als sie es endlich geschafft hatten, das Auto zu bergen, war Ruth längst tot. Eingeklemmt zwischen Lenkrad und Fahrersitz konnte sie sich nicht befreien. Dass das Wasser an dieser Stelle gar nicht besonders tief ist, hat ihr nicht geholfen. Ruth ist ertrunken. Und ich ertrinke jede Nacht wieder.

Wenn ich aufwache, ist der Traum weg.

Ich presse die Augen zu und suche nach Bildern in meinem Kopf. Aber da ist noch immer nur diese schwarze Wand, die mein Leben in zwei Hälften teilt und mich nicht mehr auf die andere Seite sehen lässt.

Ich schlinge meine Decke fest um mich. Mein Blick auf den Wecker sagt mir, dass ich aufstehen müsste. Dass es Zeit ist. Meine Eltern sitzen vermutlich schon längst am Frühstückstisch, mein Vater wird gleich ins Büro fahren. Er hasst Unpünktlichkeit.

Und ich? Ich fühle mich wie gerädert. Mir tut alles weh, und kurz überlege ich, einfach krankzumachen. Meinen Eltern zu sagen, dass ich Magenkrämpfe habe oder Kopfschmerzen oder am besten gleich beides. Ihnen zu sagen, dass ich heute im Bett bleibe. Und dann?

Die Albträume werden mich einholen. Wieder und wieder. Ich kann ihnen nicht entkommen. Im Bett am allerwenigsten. Trotzdem schließe ich noch einmal die Augen. Lasse meinen Streit mit Leon Revue passieren. Er hat sich nicht mehr gemeldet gestern, und auch meine Eltern haben zum Glück keine Fragen gestellt. Ich habe mich in meinem Zimmer eingeschlossen und den Rosenengel hervorgeholt. Beziehungsweise das, was von ihm übrig ist.

Leon hat meine Zeichnung zerstört.

Ob es tatsächlich ein Versehen war oder Absicht, darüber will ich nicht nachdenken müssen. Eigentlich will ich überhaupt nicht mehr denken. Denn dann müsste ich auch nicht über das nachdenken, was ich verloren habe. Und ich habe gestern etwas verloren, das spüre ich deutlich. Wir haben etwas verloren. Wir sind uns abhandengekommen. Leon und ich. Und ich habe keine Ahnung, wo ich uns wiederfinden soll.

Du kannst gut zeichnen.

Ich sehe Phil vor mir, wie er mir die Rose reicht, und plötzlich sehne ich mich nach dem Jungen, dessen Augen die Farbe von Bernstein haben und der Rosen pflanzt, damit die eine Rose nicht zu einsam ist.

Ob Phil auch manchmal an mich denkt? Ich versuche, mich mit seinen Augen zu sehen. Was bin ich für ihn? Was sieht er in mir? Und was ist anders daran, wie Phil mich ansieht? Da fällt es mir ein: Er ist der einzige Mensch, der tatsächlich mich sieht, wenn er mich anschaut. Er ist der einzige, der Ruth nicht gekannt hat. Phil ist der einzige, der in mir niemand anderen sucht, der nicht dauernd vergleicht, in mir nicht nur die tote Schwester sieht, nicht erwartet, dass ich bin wie sie.

Das ist es, was die Gespräche mit ihm zu etwas so Besonderem macht. Er meint mich, wenn er mit mir redet, er meint mich, das Mädchen, das auf Friedhöfe geht und Engel zeichnet, mich, das Mädchen, das vor einem Jahr spurlos verschwunden ist.

Phil ist der einzige Mensch, der mir das Gefühl gibt, mich noch nicht völlig verloren zu haben.

In dem Moment, in dem ich das denke, weiß ich, dass ich ihn wiedersehen will.

Als ich mich endlich aus dem Bett quäle, kann ich die ersten beiden Schulstunden abhaken. Und ich habe nicht mal ein schlechtes Gewissen.

Meine Mutter sitzt allein am Frühstückstisch und blättert in der Zeitung.

»Du bist spät dran heute.«

»Ich hab verschlafen. Sorry.«

Ich greife nach der Kaffeekanne und schenke mir ein. Wieder muss ich an meine zerstörte Zeichnung denken. Ein in Kaffee ertränkter Rosenengel. Zum ersten Mal erlaube ich mir, darüber wütend zu sein.

»Du warst früh zu Hause gestern. Ist alles in Ordnung zwischen dir und Leon?«

Meine Mutter schaut nicht hoch, während sie mir diese Frage stellt. Überhaupt scheinen wir es uns in dieser Familie abgewöhnt zu haben, einander in die Augen zu sehen. Als ob wir Angst hätten, im Blick der anderen Wahrheiten zu finden, die wir nicht sehen wollen.

»Ja, klar. Was soll denn nicht in Ordnung sein?«

»Ich weiß auch nicht. Ich mache mir einfach Sorgen.« Jetzt hebt sie doch den Blick, und überrascht stelle ich fest, dass ihre Augen ganz verheult sind. Meine Mutter hat geweint. Das schockt mich total.

Natürlich sind nach Ruths Tod viele Tränen geflossen in diesem Haus. Wochenlang. Aber irgendwann hat das wieder aufgehört. Irgendwann hat jeder von uns nur noch heimlich geweint. Unter der Bettdecke. Im Bad. Oder – im Fall meiner Mutter – in den stillen Minuten, die sie in Ruths Zimmer gesessen hat.

»Ist irgendetwas passiert?«

Ich frage ganz leise.

Meine Mutter wendet den Blick ab.

»Nein. Gar nichts. Was soll passiert sein?«

Ich schütte Müsli in mein Frühstücksschälchen und gieße Milch darüber.

»Du hast geweint.«

Ich rühre in meiner Schüssel rum, als könnte ich die Antworten auf meine Fragen in dem See aus Milch und Getreide finden.

»Ach das.« Sie wischt sich mit der Hand quer über das Gesicht. »Das ist nichts. Gar nichts.«

Ich wünschte, sie würde damit aufhören. Ich wünsche mir, dass sie aufhört zu lügen, aufhört, sich zu verstecken, aufhört, immer tiefer in diesem Schweigen zu versinken, das uns seit Ruths Tod alle befallen hat. Ich will etwas erwidern, aber sie kommt mir zuvor.

»Es ist wirklich nichts, Schatz. Wir haben gestritten. Dein Vater und ich haben ein bisschen gestritten. So was kommt vor und ist nicht weiter dramatisch. Du wirst mit Leon auch nicht immer einer Meinung sein.«

Oh nein – keineswegs, denke ich. Aber ich spreche es nicht aus.

»Worüber habt ihr gestritten?«

Wenn sie mir jetzt sagt, das geht mich nichts an, frage ich sie nie wieder irgendetwas, nehme ich mir vor. Aber sie sagt es nicht.

»Es ging um die Ausstellung. Du weißt schon. Die Eröffnungsfeier im Auswanderermuseum. Übermorgen.«

Stimmt ja, die Ausstellung! Die hatte ich total vergessen! Übermorgen schon?

»Und warum habt ihr deswegen gestritten?«

Meine Mutter faltet die Zeitung auseinander, streicht die Seiten glatt, faltet sie wieder zusammen. Das Rascheln des Papiers macht mich wahnsinnig. Ich will, dass sie einfach mal stillhält. Dass sie die Zeitung zur Seite legt, sich einen Kaffee einschenkt und mir antwortet.

»Dein Vater will nicht mitgehen«, sagt sie schließlich und ihre Stimme zittert. Ich kann sie kaum verstehen.

»Er will sich die Ausstellung nicht anschauen?«

Sie schüttelt den Kopf. »Es ist nicht so, dass ihn die Ausstellung nicht interessiert. Ich glaube, er will den Menschen dort nicht begegnen. Du weißt schon. Ihren Lehrern, ihren ehemaligen Mitschülern. Den anderen Eltern. Ich kann ihn ja sogar verstehen. Aber das geht doch nicht. Das sind wir Ruth doch schuldig, dass wir dort hingehen.« Ihre Augen schwimmen in Tränen.

Ich nicke. Schlucke meine eigenen Tränen hinunter. Ich verstehe meinen Vater. Zum ersten Mal seit Langem verstehe ich ihn. Ich habe auch keine Lust auf diese Veranstaltung. Ich will auch weder Ruths Schulkameraden noch ihren ehemaligen Lehrern begegnen. Vor allem aber will ich *ihr* nicht begegnen.

Ruth hat mit Feuereifer an dieser Veranstaltung mitgearbeitet. Mehr als die Geschichte der Auswanderer haben sie die Zahlen fasziniert. Wochenlang hat sie uns mit irgendwelchen Daten bombardiert. Länge und Breite der Schiffe, Geschwindigkeit, Anzahl der Passagiere. All das. Dass Ruth der Tod dazwischenkam, wird nichts daran ändern, dass sie ihre Spuren in dieser Ausstellung hinterlassen hat. Und ich ertrage keine Spuren mehr.

Mein Blick auf die Uhr sagt mir, dass ich dringend losmuss, wenn ich diesen Schultag nicht komplett abhaken will.

»Vielleicht überlegt er es sich noch einmal anders«, sage ich. Irgendwie würde ich meine Mutter gerne trösten. »Bestimmt ist er heute einfach nur mit dem falschen Bein aufgestanden oder hat Stress im Büro oder so. Er kommt bestimmt mit zur Ausstellung. Leon kommt schließlich auch mit.«

Dass ich selbst am liebsten zu Hause bleiben würde, sage ich nicht.

Meine Mutter schüttelt den Kopf.

»Dein Vater ist nicht gut darin, die richtigen Entscheidungen zu treffen.« Sie steht auf und fängt an, den Tisch abzuräumen. »Gar nicht.«

Ich habe keine Ahnung, was sie mir damit sagen will.

Philipp nahm meine Hand, und für einen Moment zuckte ich zurück, als unsere Finger sich berührten. Aber er hielt mich fest und drückte meine Finger sanft, als wollte er mich beruhigen, und dann schlenderten wir auf einem fast unsichtbaren schmalen Pfad mitten durch das Feld.

Neugierig folgte ich Philipp zu einem alten Gartenhaus, das am Rande eines Rosenfeldes stand. Nie wieder würde ich diesen Anblick vergessen: Obwohl es schon Spätherbst war, blühten immer noch so viele Blumen, dass mir ihre Schönheit den Atem verschlug. Wie schön musste es hier erst im Sommer sein!

Im Sommer. Die Erkenntnis traf mich wie ein Blitz: Ich würde diesen Sommer voller Rosen niemals erleben. Schon im Januar sollte unser Schiff auslaufen.

Philipp schloss das Häuschen auf und ließ mir den Vortritt. Zögernd blieb ich in der offenen Tür stehen. Ich legte meine Hände in den Rahmen, schloss kurz die Augen, fühlte das kühle Holz, das schon nach Winter roch und wusste, ich sollte diesen Schritt nicht gehen. Ich hätte diesem Jungen nicht hierher folgen dürfen.

Ich atmete tief durch und trat ein. Statt Gartengeräten war der Schuppen voller Bilder. Überall standen große bemalte Leinwände herum, auf einem Tisch stapelten sich Zeichnungen und Farben, Pinsel in allen Größen steckten in einem Becher. In einer Ecke stand ein Hocker, Philipp bat mich, darauf Platz zu nehmen, dann nahm er sich einen Stift und ein Stück Karton und setzte sich auf den Fußboden. Er wollte mich zeichnen!

»Hast du gewusst, dass kein Mensch, nicht einmal ein Schriftsteller oder Maler, etwas ganz Neues erfinden kann? Etwas, das es noch nie gegeben hat?« Philipp schaute hoch und sah mich an.

Ich schüttelte den Kopf. »Nein. Und ich glaube auch nicht, dass du recht hast.« Ich überlegte einen Moment. »Was ist zum Beispiel mit Sagen und Märchen? Es gibt keine Elfen und Hexen. Es gibt keine sprechenden Bäume oder Einhörner.« Philipp lächelte und wollte etwas erwidern, aber ich sprach schnell weiter. »Was ist mit dir? Du kannst doch malen, was du willst. Du tust es vielleicht nicht, aber du könntest blaue Bäume malen oder Pferde, die fliegen können. Mit deinen Farben könntest du die ganze Welt neu erfinden.« Und in meiner Fantasie kann ich jeden Tag mit dir zusammen sein, setzte ich in Gedanken hinzu. Meine Wangen glühten inzwischen vor Aufregung.

Philipp lächelte immer noch und schüttelte den Kopf. »Kein Mensch kann etwas völlig Neues erschaffen. Sieh zum Beispiel hier – meine Farben.« Er zeigte auf eine bunte Palette, die auf dem Tisch lag. »Jeder Maler benutzt immer dieselben Grundfarben. Natürlich kann ich sie zu vielen verschiedenen Farben mischen. Und ein anderer mischt daraus ganz andere Farben. Und dann malen wir beide ganz verschiedene Bilder mit unterschiedlichen Farben und Motiven. Aber letztendlich ist alles, was wir malen, aus denselben Farben entstanden.«

»Und die fliegenden Pferde?«, warf ich schnell ein. »Oder die Einhörner?«

»Einhörner sind Pferde mit einem Horn auf der Stirn. Vermutlich das Horn eines Steinbocks. Wer sie geschaffen hat, hat nur gemischt, was er schon kannte.«

»Und die Pferde fliegen mit den Schwingen eines Adlers!«, rief ich enthusiastisch.

Er nickte. »Auch Schriftsteller mischen nur das, was sie schon kennen, zu immer neuen Geschichten.«

Aber du löst Gefühle in mir aus, die ich so noch nicht kannte, dachte ich und wandte den Blick ab.

Ich wünschte, dieser Abend würde niemals vorübergehen. Aber ich wusste, dass ich aufbrechen musste, damit zu Hause niemand mein Verschwinden bemerkte.

Als ich Philipp das sagte, sprang er sofort auf und reichte mir die Hand. »Ich bringe dich nach Hause.«

»Darf ich das Bild sehen?«

»Heute noch nicht. Es ist noch nicht fertig.« Schnell versteckte er es hinter seinem Rücken. »Ich fürchte, du musst noch einmal wiederkommen.«

Sommer: für etliche Tage
Begleiter der Rosen zu sein;
was um erblühende Seelen
weht, das atmen wir ein.
Sehen in jeder, die stirbt,
eine Vertraute,
entschwundene Schwester, die wir
unter anderen Rosen überdauern.

(Rainer Maria Rilke, 1875-1926)

»Anna?«

Am liebsten würde ich weiterlaufen, ich bin sowieso schon spät dran, wenigstens zur dritten Stunde will ich pünktlich sein.

»Anna, warte kurz, bitte!«

Ich schließe die Augen, atme tief durch und bleibe stehen.

Ruths ehemaliger Deutschlehrerin zu begegnen, ist wirklich das Letzte, was ich heute noch brauche.

»Ja?«

Frau Winkler eilt mit langen Schritten auf mich zu, wie immer hat sie einen Stapel Bücher so unter den Arm geklemmt, dass ich Angst habe, sie könnten jeden Moment herausrutschen und runterfallen.

»Anna. Schön, dich zu sehen.« Völlig außer Atem bleibt sie vor mir stehen.

»Ich muss gleich in Bio. Bin sowieso schon spät dran.«

Sie nickt. »Ja klar, ich will dich nicht aufhalten. Ich wollte nur hören, ob ihr, also ob du und deine Eltern die Einladung für die Ausstellungseröffnung bekommen habt?«

»Ja, haben wir.«

»Kommt ihr zur Eröffnung?«

Ich beiße mir auf die Unterlippe. Was soll ich ihr darauf antworten?

»Anna?«

»Ja, ich denke schon, dass wir kommen. Mein Vater will nicht, aber meine Mutter meint, wir sind das Ruth schuldig.«

Ruths Lehrerin seufzt. »Ich weiß nicht, ob die Lebenden den Toten irgendetwas schuldig sind, Anna. Wir kommen ja schon kaum damit klar, den Lebenden das an Aufmerksamkeit zu geben, was ihnen gebührt. Aber wenn die Verstorbenen, also wenn Ruth von irgendwo auf uns herabsehen kann«, sie macht eine kurze Pause, »dann glaube ich, würde sie sich sehr freuen, euch in den Auswandererhallen zu sehen.« Sie lächelt mich aufmunternd an. »Ich weiß nicht warum, aber gerade deiner Schwester war die Ausstellung sehr wichtig. Sie hat gründlicher recherchiert als alle anderen, sie hat sich unglaublich in die Geschichte der *Cimbria* reingekniet und ...«

»Der *Cimbria*?« Fragend sehe ich Frau Winkler an.

»Unsere Ausstellung beschäftigt sich mit der Einführung der Dampfschifffahrt bei der Hamburg-Amerika-Linie der HAPAG. Den Schülern wurden verschiedene Schiffe zugeteilt und deine Schwester hat sich mit dem Schicksal der *Cimbria* befasst. Die anderen aus ihrer Gruppe haben manchmal ganz schön über ihren Arbeitseifer gestöhnt.«

Wider Willen muss ich lächeln.

Ja, wenn Ruth sich etwas in den Kopf gesetzt hatte, konnte sie ein richtiger Feldwebel sein, der alle anderen durch die Gegend scheuchte. Und Technik hat meine Schwester schon immer begeistert.

»Ich würde mich ehrlich freuen, dich zur Eröffnung zu sehen. Und deine Eltern natürlich auch«, reißt Frau Winkler mich aus meinen Gedanken. Sie winkt mir kurz zu, dann dreht sie sich um und geht.

Ich schaffe es gerade noch rechtzeitig ins Klassenzimmer, bevor unser Biolehrer auftaucht.

»Alles okay?« Franka sieht mich fragend an, als ich mich neben ihr auf meinen Platz fallen lasse. Ich würde gerne den Kopf schütteln und ihr erzählen, dass gar nichts okay ist. Ich würde Franka gerne von Phil erzählen, so wie ich ihr früher von Nico erzählt habe. Ich würde ihr gerne den Jungen beschreiben, der mich mit seinen dunklen Augen und seinem wunderbaren Lächeln so in seinen Bann gezogen hat. Und ich würde sie gerne fragen, was um alles in der Welt ich jetzt machen soll. Stattdessen nicke ich nur.

»Alles okay. Ich hab verschlafen und dann hat die Winkler mich aufgehalten.«

»Die Winkler? Das war doch die Deutschlehrerin deiner Schwester, oder?«

Zum Glück betritt unser Biolehrer in dem Moment den Raum und gibt mir die Chance, so zu tun, als hätte ich ihre Frage nicht gehört.

Auf den Unterricht kann ich mich, wie fast immer in letzter Zeit, kaum konzentrieren. Im Moment ist mir völlig schleierhaft, wie ich so jemals das Abitur schaffen soll. Erst als Franka mich in die Seite stößt, merke ich, dass ich wieder angefangen habe, Rosen zu skizzieren.

»Was bedeutet das?«, flüstert sie und zeigt auf das *P* zwischen den Rosen. Erschrocken lege ich die Hand auf meine Kritzeleien.

»Ach nichts. Vergiss es!«, flüstere ich zurück. Phil muss mein Geheimnis bleiben.

Franka zuckt mit den Schultern. Ich sehe ihr an, dass sie mir nicht wirklich glaubt. Dann sehe ich den Zettel, den sie über den Tisch geschoben hat.

Kommst du zur Party?

Fragend sehe ich sie an. »Welche Party?«, zische ich.

Franka verdreht die Augen und zieht den Zettel wieder zu sich. Sie kritzelt eine Weile darauf herum, dann schiebt sie ihn wieder zu mir.

Freitag. Geburtstag Jan. In Omas Apotheke.

Ich schüttele nur stumm den Kopf. Dann krame ich meinen kleinen Taschenkalender heraus und schlage ihn auf. Ich habe seit Wochen keine Termine mehr eingetragen. Das weiß ich. Aber Franka soll das nicht wissen. Also tue ich so, als ob ich erst nachsehen müsste, ob ich überhaupt Zeit habe.

Gleichzeitig ärgere ich mich darüber, dass es mir wichtig ist, so zu tun, als könnte ich mich vor Terminen kaum retten. Es ist mir doch sonst so egal, was andere von mir denken. Warum heute nicht?

Seit Ruths Tod war ich auf keiner Party mehr. Ich wollte einfach nicht, auch wenn die anderen mich immer wieder einluden. Vielleicht weil sie mich ehrlich mochten, vielleicht aber auch nur, weil sie sich verpflichtet fühlten, das Mädchen mit der toten Schwester einzuladen.

Ich schiele zu Franka rüber und sehe, wie sie Jans Namen in ihr Bioheft malt. Verziert mit lauter kleinen Herzen.

Fast werde ich neidisch, als ich das sehe. Nicht wegen Jan. Jan interessiert mich nicht. Ich würde nur auch so gern offen über meine Gefühle reden. Ich wünschte, ich könnte so wie Franka hinter vorgehaltener Hand für einen Jungen schwärmen und allen erzählen, wie wunderbar er ist. Ich wünschte, ich könnte mit diesem Jungen auf die Party gehen und vorher tagelang mit Franka beratschlagen, was ich nur anziehen soll, und dieses Kribbeln im Bauch fühlen bei dem Gedanken daran, mit diesem Jungen zu tanzen oder ihn gar zu küssen.

Ich schließe die Augen und sehe Phils Lippen vor mir, seine Hände, die so behutsam nach den Rosen greifen.

In den nächsten Tagen wandelte ich wie durch dichten Nebel. Die Sehnsucht in mir verbrannte mich, die Sehnsucht nach etwas, das nicht sein durfte, Sehnsucht nach jemandem, der nicht sein durfte und den ich doch so sehr wollte.

Philipp war wunderbar. Er war so anders. Noch nie hatte ich solche Gespräche geführt, noch nie einen solchen Zuhörer gehabt.

Sooft es nur ging, schlich ich mich von zu Hause fort, um mich mit Philipp im Gartenhäuschen zu treffen.

Die letzten Rosen waren schon längst verblüht, das Feld hartgefroren vom Frost. Ich spürte, wie sich auch um mein Herz eine feine Eisschicht legte, die immer dicker wurde, je näher der Tag unserer Abreise kam.

Draußen war es inzwischen bitterkalt, aber in der Hütte bullerte ein Ofen und hielt uns warm.

Philipp zeichnete und ich saß ihm Modell. Die Zeit rieselte dabei wie Sand durch unsere Finger. Wir wussten, dass wir sie nicht aufhalten konnten.

»Komm mit, ich möchte dir etwas zeigen«, sagte Philipp eines späten Nachmittags und führte mich in die hinterste Ecke der Hütte. Die Flamme der Kerze, die Philipp in der Hand hielt, warf tanzende Schatten an die Wand. Erst jetzt sah ich, dass in der Ecke etwas Großes unter einem Tuch verborgen war.

»Was ist das?«

»Bisher nur ein Stein.« Philipp zog das Tuch weg und zum Vorschein kam ein riesiger grauer Stein, auf dem allerlei Werkzeuge lagen.

»Du willst Bildhauer werden?«, fragte ich verblüfft und Philipp nickte.

»Ich übe schon lange und ...« Er berührte meine Stirn sanft mit seinem Finger und strich mir eine Strähne aus dem Gesicht. Ich hielt die Luft an. Noch nie waren wir uns so nah gekommen. »... und Michelangelo hat gesagt, dass es eigentlich ganz leicht ist.«

»Michelangelo ... der Bildhauer«, sagte ich mit tonloser Stimme. Mein Mund war wie ausgetrocknet und mein Kopf vollkommen leer. Ich hatte nur noch einen einzigen Gedanken: Philipp. Ich stand ganz still. Ich befürchtete, der Zauber dieses Augenblicks könnte zerplatzen wie eine Seifenblase, wenn ich mich jetzt bewegte.

»Kennst du den David? Die berühmte große Statue, die Michelangelo aus einem einzigen Block gehauen hat?«

Ich nickte stumm. Philipp strich mir mit der Fingerspitze zärtlich über das Gesicht. Er berührte meinen Mund und fuhr langsam die Konturen meiner Lippen nach.

»Kennst du die Legende, die sich um die Entstehung dieser Statue rankt?«

Ich schüttelte den Kopf. Philipps Finger war jetzt an meinem Hals angekommen. Ich schluckte. Ich wusste, dass ich Philipps Hand hätte festhalten und ihm hätte verbieten müssen, mich so zu berühren. Alles in mir war in Aufruhr. Aber ich schwieg und ließ den Dingen ihren Lauf.

»Michelangelo erhielt eines Tages von einer reichen Familie den Auftrag, eine besonders schöne Statue zu hauen.«

Er fuhr mir mit dem Finger über den Hals und verharrte kurz, als er den Kragen meiner Bluse berührte.

»Er hatte zunächst keinen geeigneten Marmorblock. Aber dann fand er einen riesigen Stein am Straßenrand, den jemand dort vergessen hatte und der schon vollkommen mit Efeu überwuchert war.«

Philipp stellte die Kerze auf den großen Stein, den er selbst noch behauen wollte, und hob die andere Hand. Vorsichtig begann er, meine Bluse aufzuknöpfen. Ich biss mir auf die Lippen. Ich durfte das nicht zulassen. Ich war verlobt. Er hatte nicht das Recht, mich so zu berühren. Obwohl sich alles in mir gegen diesen Gedanken wehrte, war ich doch Leonard versprochen. Und noch nicht einmal er war mir bisher so nah gekommen. Ich hob die Hände, um ihn festzuhalten, um ihn daran zu hindern, noch weiterzugehen.

Ich konnte es nicht. Ich legte nur meine Hände auf seine und die Berührung seiner Haut setzte meinen Körper in Flammen. Noch nie hatte ich etwas so sehr gewollt. Ein Blick in sein Gesicht verriet mir, dass es ihm genauso ging.

Seine Augen waren schwarz vor Verlangen. Ich sah die kleine Verletzung über seinem rechten Auge.

Nichts Schlimmes, hatte er gesagt, ein Steinsplitter nur, der mich getroffen hat. Jetzt wusste ich auch, woher dieser Steinsplitter stammte. Am liebsten hätte ich die Wunde vorsichtig berührt.

»Michelangelo begann, aus diesem Marmorblock den David zu hauen. Mehr als zwei Jahre brauchte er dazu. Und dann ...«, Philipp öffnete einen weiteren Knopf, »schliff und polierte er die Statue weitere zwei Jahre, bis sie endlich fertig war.«

Ich wusste nicht mehr, wohin ich schauen sollte. Die Gedanken in meinem Kopf überschlugen sich. Ich durfte das alles nicht zulassen und wünschte mir gleichzeitig doch nichts sehnlicher, als dass er weitermachte.

Ich schämte mich so sehr für mein Verlangen, das wie heiße Lava durch meine Adern pulsierte, dass ich die Augen schloss. Jetzt konnte ich nur noch fühlen, wie Philipp auch den letzten der Knöpfe öffnete.

»Die Menschen aus Florenz waren begeistert. Noch nie hatten sie etwas so Schönes wie diese Statue gesehen.«

Philipps Stimme klang auf einmal ganz rau, fast heiser. Ein Schauer nach dem anderen jagte über meinen Körper.

»Die Leute fragten Michelangelo, wie er so etwas Wunderschönes aus dem alten Marmor hatte schaffen können.«

Philipp flüsterte jetzt nur noch. Ich presste die Augen noch fester zu. Meine Hände lagen immer noch auf seinen und ich konnte spüren, wie sie zitterten.

»Michelangelo antwortete: Der David ist schon immer da gewesen. Ich musste nur den überflüssigen Marmor um ihn entfernen.«

Er schob seine Hände unter meine geöffnete Bluse und streifte den Stoff von meinen Schultern.

Wenn der Liebesrose Dornen, Armer, dich erstochen haben,
Dann vergeudet sie die Blätter, dich in ihnen zu begraben.

(Wilhelm Müller, 1794-1827)

Meine Gedanken drehen sich im Kreis, und ich bin froh, als ich den Friedhof endlich erreiche. Ich habe den ganzen Vormittag darüber nachgedacht, ob ich tatsächlich wieder hierher fahren und mit meiner Zeichnung von dem Engel noch einmal ganz von vorne anfangen soll. Erst als ich Frankas verliebte Kritzeleien sah, wusste ich, dass ich fahren würde. Und ich weiß auch, dass nicht der Engel der wahre Grund ist.

Kaum habe ich die Lichtung betreten, registriere ich enttäuscht, dass Phil nicht da ist. Ich denke kurz darüber nach, ob ich nach ihm suchen soll, doch im nächsten Augenblick wird mir klar, dass ich überhaupt keine Ahnung habe, wo ich ihn finden könnte.

Ich weiß von diesem Jungen nichts weiter als seinen Vornamen. Ich weiß, dass er auf diesem Friedhof arbeitet und dass er davon träumt, nach England zu gehen. Ich weiß nicht, wie alt er ist, nicht, wo er wohnt.

Ich bemühe mich krampfhaft, die aufkommende Panik in mir zu unterdrücken.

Was, wenn er hier vielleicht nie wieder auftaucht?

Warum sollte er einfach verschwinden?, halte ich der Stimme in mir entgegen. Ich hole meinen Skizzenblock aus dem Rucksack, betrachte noch einmal den in Kaffee getauchten Rosenengel und schiebe ihn dann zur Seite. Das frische Blatt liegt weiß und leer vor mir.

Ein neuer Anfang.

Die Chance, alles noch mal ganz von vorn zu beginnen. Die Chance, alles besser zu machen.

Ich setze mich auf den Boden und wähle einen Stift aus. Dann hebe ich den Blick und betrachte den Engel. Tatsächlich habe ich das Gefühl, ihn noch mal aufs Neue zu entdecken.

Habe ich bei der ersten Zeichnung mit den Flügeln und seinem Gewand angefangen, fühle ich mich jetzt von seinem Gesicht magisch angezogen.

Du siehst ihm ähnlich.

Stimmt das? Ich versuche, mich mit den Augen eines anderen zu sehen, und betrachte wieder den Engel. Dann nehme ich den Stift und fange an zu zeichnen.

Aber ich kann mich kaum konzentrieren. Ich bin völlig durcheinander. Immer wieder wandern meine Gedanken weg von der Zeichnung auf meinen Knien hin zu Phil. Ob er einfach hier auftaucht, wenn ich es mir ganz fest wünsche?

Mein Magen zieht sich kurz zusammen. Mein Blick fällt auf die Grabsteine vor mir. Die Menschen hier sind schon viele Jahre tot. Und doch hatte jeder von ihnen Träume und Wünsche, die über den Tag, an dem sie hier begraben wurden, hinausgingen.

Wir alle haben Träume, die weiter reichen als das Leben.

Ich lasse meinen Blick über die Lichtung schweifen. Für einen Moment glaube ich, eine Bewegung wahrgenommen zu haben, aber ich habe mich getäuscht. Da ist niemand. Ich versuche, mich wieder meinem Bild zu widmen.

Die Augen.

Die Augen könnten tatsächlich meine Augen sein.

Mich fröstelt.

Plötzlich liegt meine Zeichnung im Schatten. Ich schaue auf, erwarte Phil, aber Phil ist nicht da. Stattdessen hat sich eine große dunkle Wolke vor die Sonne geschoben.

Erst jetzt fällt mir auf, wie still es geworden ist. Die Luft steht vor Hitze, die Vögel sind verstummt, kein Blatt bewegt sich mehr. Auch das Licht hat sich verändert. Die Farben, die eben noch in der Sommerhitze flimmerten, blass und durchsichtig wirkten, sind jetzt satt und kräftig. Gewitterstimmung. Die Blätter der Bäume leuchten unnatürlich grün gegen den Himmel.

Ein Geräusch irgendwo hinter mir lässt mich herumfahren.

»Anna, was machst du hier? Mit dir habe ich heute gar nicht gerechnet!«

Phil.

Erst als ich meine Stimme höre, merke ich, dass ich seinen Namen geflüstert habe.

»Warum nicht?«

Unsicher sehe ich zu ihm hoch, schiebe die Zeichensachen auf meinem Schoß zusammen.

Phil nickt mit dem Kopf zum Himmel.

»Es soll ein Unwetter geben heute, hast du nichts davon gehört?«

Ich schüttele den Kopf, sehe seine gerunzelte Stirn und folge seinem Blick.

»Wenn du mich fragst, geht es gleich los.« Er fährt sich mit der Hand durch sein dichtes schwarzes Haar.

Ein Windstoß fegt das Bild des kaffeegetränkten Engels von meinem Schoß und treibt es vor sich her.

»Hoppla!«, lacht Phil. »Da hat wohl jemand Flügel bekommen.« Er fängt das Blatt wieder ein und gibt es mir. Als sein Blick auf die Kaffeeflecken fällt, sieht er mich betroffen an. »Was …«

»Ach nichts.« Ich nehme ihm die Zeichnung aus der Hand und schiebe sie zurück in meinen Block.

Da klatscht ein erster dicker schwerer Regentropfen auf meinen Block und erlöst mich aus meiner Verlegenheit. Schnell springe ich auf und stopfe meine Zeichensachen zurück in den Rucksack.

»Wir sollten zusehen, dass wir hier wegkommen.« Phil reicht mir die Hand und zieht mich auf die Füße. Ich bemerke überrascht, dass seine Haut sich trotz des kräftigen Händedrucks ganz zart anfühlt. Warm und fest schließen sich seine Finger um meine und ich wünschte, er würde nie wieder loslassen.

Ein greller Blitz zuckt über den Himmel und plötzlich regnet es in Strömen.

»Los, hier entlang!«, ruft Phil und zieht mich hinter sich her.

»Wohin laufen wir?«, keuche ich, während ich versuche, mit ihm Schritt zu halten. Der Regen rinnt mir über das Gesicht und ich kann kaum noch etwas sehen.

Irritiert stelle ich fest, dass Phil nicht den Weg zum Ausgang eingeschlagen hat.

»Wir sind gleich da!« Phil zieht mich einfach weiter, ich stolpere hinter ihm her, das Wasser steht auf den Kieswegen und bildet dort riesige Pfützen. Auch meine Turnschuhe sind schon komplett durchnässt, die Jeans klebt an meinen Beinen und der Wind lässt mich frieren.

Erst als Phil meine Hand loslässt, erkenne ich, dass wir vor einem Schuppen stehen und Phil in seinen Taschen nach einem Schlüssel sucht. Endlich hat er ihn gefunden. Er stößt die breite Holztür auf und schiebt mich hindurch. Hinter uns zieht er die Tür wieder zu.

Das Erste, was mir auffällt, ist der Geruch. Es riecht nach feuchter Erde. Nach Erde, Torf und Pflanzen.

Ich brauche einen Moment, um mich an die Dunkelheit zu gewöhnen. Dann erkenne ich ein winziges Fenster, durch das aber fast kein Licht fällt. Das Wasser läuft an der Scheibe in Sturzbächen hinunter.

»Wo sind wir hier?«, flüstere ich.

»In einem Geräteschuppen.«

Jetzt sehe ich auch die Rechen, Hacken, Spaten. Ich mache einen Schritt zurück und etwas fällt krachend um. Erschrocken fahre ich zusammen.

»Warte, ich mache uns mal Licht.«

Phil kramt in einer Schublade, ein Feuerzeug flammt auf. Dann zündet er ein Windlicht an, das auf einem kleinen Tisch unter dem Fenster steht, und eine Kerze, die auf einer alten Flasche steckt. Die Flasche hat schon einen dicken Kranz aus Wachstropfen.

»Herzlich Willkommen in meiner Burg.« Phil breitet die Arme aus und lacht. Sofort wird mir ganz warm ums Herz. Phil hat ein wunderbares, ansteckendes Lachen.

»Deine Burg?«

»Na ja, gehört nicht wirklich mir, aber da den Schuppen sonst keiner benutzt, bin ich manchmal hier, um ungestört lernen und lesen zu können.«

Er grinst verlegen.

Ich mache ein paar Schritte auf den Tisch zu und betrachte die Gegenstände, die dort liegen: Bücher, ein Notizbuch, ein Stift. Jetzt erkenne ich auch den kleinen Gedichtband, aus dem er mir bereits vorgelesen hat. Rosengedichte. Vorsichtig streiche ich mit der Hand darüber.

Ich will etwas sagen, als ein greller Blitz vor dem Fenster mich zusammenzucken lässt, und plötzlich fange ich an zu zittern. Bestürzt schaut Phil mich an.

»Mein Gott, du frierst ja total.« Er berührt erst meinen Arm, dann mein T-Shirt. »Du musst aus den nassen Sachen raus. Dringend.«

Ich schüttele den Kopf. »Ach was, geht schon. Es hört ja sicher gleich auf zu regnen und dann fahre ich nach Hause, um mir was Trockenes ...« Ein lauter Donnerschlag unterbricht mich. Das Prasseln des Regens auf dem Dach wird lauter.

»Klingt nicht so, als ob es so schnell aufhören wird. Komm, zieh das nasse Zeug aus, sonst wirst du noch krank.«

Neben ein paar leeren Blumentöpfen und irgendwelchem Werkzeug liegt im Regal eine ordentlich gefaltete Decke, die er jetzt herausnimmt und mir hinhält.

»Und du? Du bist doch auch klatschnass.«

»Mir ist nicht kalt«, wehrt Phil ab. »Ich bin an Wind und Wetter gewöhnt. Aber du zitterst wie Espenlaub. Na los, mach schon!«

Ich bin immer noch unsicher. Mir ist schrecklich kalt, und es wäre herrlich, aus den nassen Sachen rauszukommen, aber ich kann mich doch hier nicht ausziehen. Ich kenne Phil ja kaum und es wäre auch nicht richtig. Die Gedanken in meinem Kopf überschlagen sich. Es darf nicht sein. Was immer ich mir wünsche, darf nicht sein.

Phil schaut mich abwartend an und ich fühle, wie eine Gänsehaut über meinen Rücken kriecht. Ich starre auf seine Hände, würde sie so gerne wieder berühren, frage mich, wie sie sich wohl auf meiner Haut anfühlen würden, und dann wende ich den Blick rasch ab.

Jetzt bin ich froh darüber, dass es hier im Schuppen kaum Licht gibt. Ich bin mir sicher, dass mir jeder meiner Gedanken auf die Stirn geschrieben steht.

Im nächsten Moment höre ich Phil lachen.

»Ach das ist es! Keine Sorge, ich schaue weg.«

Er dreht sich mit dem Gesicht zur Wand. Die Decke liegt neben mir auf dem Tisch. Jetzt muss ich doch schmunzeln. Phil ist so wunderbar. Ganz anders als die Jungs, die ich sonst kenne. So schnell ich kann, schäle ich mich aus meinem nassen T-Shirt und schlüpfe aus der Jeans. Meine Unterwäsche lasse ich an, obwohl sie auch nass ist.

Der grobe Wollstoff der Decke kratzt auf meiner Haut, aber wenigstens ist sie schön groß, sodass ich mich ganz darin einwickeln kann.

»Fertig. Du darfst wieder gucken.«

Vor lauter Verlegenheit ist meine Stimme ganz rau. Phil dreht sich um und ich halte die Enden der Decke fest vor meiner Brust zusammen. Die Decke ist so lang, dass sie über meine Füße bis auf den Fußboden fällt und dort lockere Falten wirft.

»Jetzt siehst du dem Engel noch ähnlicher.«

Auch Phils Stimme klingt rau und kratzig.

Langsam kommt er auf mich zu. Das Licht der Kerzen tanzt in seinen dunklen Augen. Er bleibt erst stehen, als ich schon fast seinen Herzschlag spüren kann. Ich will etwas sagen, aber es ist, als hätte der Regen all meine Worte einfach weggespült.

Phil macht noch einen Schritt auf mich zu, dann berührt seine Hand mein Gesicht. Ich schließe die Augen, halte die Luft an und alles scheint mir vollkommen richtig und vertraut.

Sein Gesicht nähert sich meinem. Langsam. Vorsichtig. Ich fühle seinen Atem auf meiner Haut, halte die Decke immer noch fest umklammert, dann spüre ich seine Lippen auf meinen, ganz weich, ganz zart. Ich möchte mehr davon.

Ich sollte mir das nicht wünschen, es ist nicht richtig, ich weiß das, aber ich will trotzdem mehr. Ich will das. Hier und jetzt will ich das.

Er legt eine Hand in meinen Nacken, zieht mich zu sich, ich erschauere unter seiner Berührung, spüre seine Zunge.

»Ich kann nicht ...«, flüstere ich und drücke mich ihm gleichzeitig entgegen. Er weicht kurz zurück, legt mir einen Finger auf den Mund und ich schweige.

Und dann küsst er mich wieder, verlangender diesmal, stürmischer. Ich falle in diesen Kuss, als hätte ich mein Leben lang nur darauf gewartet, halte die Decke nur noch mit einer Hand, versuche mit der anderen, sein Hemd aufzuknöpfen. Aber es ist viel zu nass und zu kalt, meine Finger sind zu steif. Ich lasse die Decke los und sie fällt zu Boden und nichts davon fühlt sich falsch an. Gar nichts.

Ich fahre ihm unters Hemd, spüre seine warme, nackte Haut, er lässt mich kurz los, streift sich das nasse Hemd über den Kopf, wirft es auf die Stuhllehne, dann drücken wir uns aneinander, bis ich seinen Herzschlag auf meinem ganzen Körper spüre, und ich frage mich, ob er auch meinen spüren kann. Frage mich, ob mein Herz überhaupt noch schlägt.

Er hält mich fester, ich schließe die Augen, höre seinen Atem, der schneller geht, fühle mich wie im Rausch und will immer nur mehr davon.

Die Decke wickelt sich um meine Füße, und irgendwie passiert es ganz von selbst, dass wir beide Arm in Arm, Mund auf Mund niederknien, die Decke unter uns ausbreiten, ohne uns dabei loszulassen oder gar aufzuhören, uns zu küssen.

Seine Hände wandern jetzt über meinen Körper, vorsichtig, über die Schultern, auf den Rücken. Ich fühle, wie er sich am Verschluss meines BHs zu schaffen macht, lege meine Hände auf seine Brust, staune über die Muster, die die flackernden Kerzen auf seine Haut malen.

Mein BH fällt mir in den Schoß und seine Hände wandern zu meinen Brüsten, zärtlich berührt er sie, fast ängstlich fährt er mit den Fingerspitzen darüber. Ich zittere unter seiner Berührung, jedes Härchen an meinem Körper stellt sich auf, mein Mund drängt seinem hinterher, will ihn nicht loslassen, als er kurz zurückweicht.

»Du bist wunderschön«, flüstert er, um mich gleich darauf wieder zu küssen.

Seine Worte kann ich kaum verstehen, so heiser ist er, aber die Sprache seines Körpers, der sich eng an meinen schmiegt, verstehe ich, seinen Atem auf meiner Haut, seinen Herzschlag im Takt meines Herzens. So also ist es. So kann es sein. So lebendig. So warm. Vor allem so warm.

Sein Mund lässt von meinem Mund ab, wandert über meinen Hals zu meinen Brüsten, ich greife fester in seine dichten schwarzen Haare, drücke meine Nase hinein, spüre seinem Geruch nach und will ihn nie wieder loslassen. Sanft bedeckt er meine Brüste mit Küssen, fährt mit seinen Lippen sacht über meinen Bauch. »Mein Engel«, flüstert er in meinen Bauchnabel, und diese zwei Worte sind der Windstoß, der alles zunichtemacht, der mein Traumschloss einstürzen lässt wie ein Kartenhaus.

Mein Engel hat Leon mich genannt. Leon, der mich braucht. Leon, der auf mich wartet.

Ich spüre, wie ich mich versteife, wie ich ein winziges Stück von Phil abrücke, auch er hat das gespürt, hält kurz inne und hebt den Kopf.

»Was ist los?«, fragt er leise neben meinem Ohr, und ich habe keine Ahnung, was ich ihm antworten soll. Ich versuche verzweifelt, den Augenblick festzuhalten, versuche, mich wieder zu entspannen, spüre, wie auch er wieder sicherer wird, mich wieder zu sich zieht.

Alles in mir sehnt sich nach Phil, aber Leon in meinem Kopf weigert sich zu verschwinden.

Phils Hand wandert über meinen Bauch nach unten, ich halte die Luft an, er greift an den Bund meines Slips, während seine Zunge wieder meinen Mund öffnet.

Und plötzlich ist Leons Stimme in meinem Kopf. *Du hast dich verändert.*

Ich kann das nicht. Ich drehe den Kopf zur Seite, schiebe Phils Hände weg und springe auf.

»Ich will das nicht!«

Betroffen schaut er mich an, kniet weiter vor mir auf dem Boden und sieht aus, als hätte ich ihn ins Gesicht geschlagen.

So schnell ich kann, steige ich in die nasse Jeans, zerre sie nach oben, sie klebt kalt an meinen Beinen, meinen BH stopfe ich einfach in die Hosentasche, ich will nur weg hier. Mein T-Shirt lässt mich sofort wieder frieren, ich greife nach meinem Rucksack, öffne ihn und wühle darin herum. Ich muss meinen Fahrradschlüssel finden.

»Es ... es ... tut mir leid«, stammele ich.

Phils verwirrter Blick schneidet mir ins Herz, in das Herz, das ich schon lange verloren glaubte, in das Herz, das ich längst für tot gehalten habe. Ich wusste nicht, dass es noch so wehtun kann. So sehr. Das wusste ich nicht.

Phil räuspert sich, sucht nach den richtigen Worten und findet sie nicht.

»Dir muss nichts leidtun.« Seine Stimme ist mehr ein Krächzen. »Du sollst nichts tun, was du nicht auch willst.«

Aber ich will es ja!, möchte ich schreien. Noch nie habe ich etwas so sehr gewollt. Stattdessen nicke ich nur und bleibe stumm.

»Schade.« Jetzt klingt er enttäuscht. Und verbittert irgendwie. »Es war gerade so schön.«

»Es war nichts«, flüstere ich. »Nichts Großes jedenfalls.«

Nichts, das sein darf, füge ich in Gedanken hinzu.

»Nichts Großes«, wiederholt er meine Worte und sieht mich an wie man eine Fremde ansieht. Alle Vertrautheit, die zwischen uns war, ist spurlos verschwunden.

Dann steht er langsam auf und schaut aus dem Fenster.

»Weißt du«, sagt er und starrt dabei in den Regen. »Alle großen Dinge haben einmal ganz klein angefangen. Jeder Baum, selbst der größte, war irgendwann einmal ein winziges Samenkorn. Mehr nicht. Aber auch nicht weniger. Du kannst vor dem Leben nicht davonlaufen, Anna.«

Tränen laufen mir übers Gesicht. Ich ertrage es nicht, ihn so verletzt zu sehen. Und ich ertrage es nicht, ihn wegzustoßen.

Noch nie hat ein Junge etwas Vergleichbares in mir ausgelöst. Noch nie hat sich etwas so richtig und gleichzeitig so falsch angefühlt.

Eigentlich sollte ich das doch für Leon empfinden. Er ist mein Freund. Er ist der, mit dem ich zusammen bin. Mein schlechtes Gewissen breitet sich mit rasender Geschwindigkeit in mir aus.

Das mit Phil hätte nicht passieren dürfen. Ich war durcheinander. Die Stimmung auf dem Friedhof, der Engel, die Rosen, die Erinnerungen an Ruth. Ich schüttele den Kopf, um all die Bilder loszuwerden. Ich kann nicht. Ich darf nicht. Ich habe kein Recht darauf. Ich gehöre zu Leon. Und Leon gehört zu mir.

Unsere Abreise rückte unaufhörlich näher. Das Haus wurde von Tag zu Tag ungemütlicher. Auch die zahlreichen Kerzen und Blumengestecke, die Mama überall aufstellte, konnten nicht darüber hinwegtäuschen, dass die meisten Schränke bereits leer und die Räume ohne Leben waren.

So fühlte auch ich mich in diesen Tagen.

Leer und vollkommen nutzlos.

Alles in mir war Schmerz.

Ich dachte an die Rosen draußen auf dem Feld. Philipp hatte sie zurückgeschnitten und gegen die Kälte abgedeckt. Unter Tannenreisig warteten sie auf den nächsten Frühling. Für mich würde es keinen Frühling geben.

Selbst Leonard war aufgefallen, wie sehr ich mich verändert hatte. Ich redete mich mit der Angst vor der bevorstehenden Reise heraus. Wie viel größer mein Kummer war, ahnte er nicht, und er durfte es nie erfahren. Nie. Es hätte ihm und meinen Eltern das Herz gebrochen. So war nur ich es, deren Herz zerbrach.

Ich wurde zu einem Schatten meiner selbst. Ich konnte nicht mehr schlafen, ich hatte keinen Appetit mehr. Meine Gedanken kreisten ununterbrochen nur um Philipp.

Solange ich bei ihm war, war alles gut. Und dazwischen war sein Name süßes Verlagen. Sehnsucht. Und Liebe.

Ich konnte ihn nicht verlassen, niemals.

Wenn ich versuchen sollte, ihn aus mir herauszureißen, würde ich mein Herz herausreißen müssen. Oder es würde einfach aufhören zu schlagen.

Ich hatte geglaubt, inständig gehofft, Liebe könnte auch aus Freundschaft erwachsen. Wie dumm ich war. Entweder man liebte oder man liebte nicht. Mich und Leonard hingegen verband nichts weiter als eine gemeinsame Kindheit und nun der silberne Ring, den ich am Finger trug. Er war wunderschön, sicher, aber neben der Schönheit einer weißen Rose verblasste er so wie Leonard neben Philipp verblasste und so wie ich einfach verblassen würde, wenn ich nicht hierbleiben konnte.

Minka strich jammernd um meine Beine. Ich schüttete einen Schluck Milch in ihr Schälchen. Mama sah es nicht gern, wenn ich der Katze von der kostbaren Milch gab, aber das war mir gleichgültig. Auch Minka würde ich zurücklassen müssen und manchmal schien es mir, als ob sie es schon wüsste.

Nie soll weiter sich ins Land
Lieb von Liebe wagen,
Als sich blühend in der Hand
Läßt die Rose tragen.

(Nikolaus Lenau, 1802-1850)

Es darf nicht sein.

Es darf nicht sein.

Es darf nicht sein.

Der Gedanke hämmert in meinem Kopf. Ich trete in die Pedale, der Regen peitscht mir ins Gesicht. Ich fahre durch eine Stadt aus Nebelschwaden. Der kühle Regen verdampft auf dem aufgeheizten Asphalt und lässt meine Welt undurchsichtig werden. Ich kann kaum sehen, wohin ich fahre. Und auch in mir drin ist alles neblig. Ich irre zwischen meinen Gedanken umher und finde nicht hinaus.

Als ich zu Hause ankomme, bin ich froh, dass niemand da ist. Ich verkrieche mich in mein Zimmer, laufe darin auf und ab wie ein Tiger im Käfig, renne gegen Wände, unsichtbare Wände, fühle mich wie ein Vogel, der gegen eine Scheibe fliegt, wieder und wieder, bis sein Flügelschlag daran zerbricht.

Mit dem Regen ist die Kälte zurückgekommen, ist mir erst unter mein nasses Shirt und meine Jeans gekrochen, dann unter meine Haut und zuletzt kroch sie in mein Herz.

Mit einem Herzen ganz aus Eis bin ich vom Friedhof aufgebrochen und nach Hause gefahren.

Mit einem Herzen ganz aus Eis versuche ich, den Jungen zu vergessen, der erst meine Kleider, dann meine Haut und dann meine Seele berührt hat.

Es darf nicht sein.

Ich halte es nicht länger in meinem Zimmer aus. Es sind nicht nur die Wände, die immer näher rücken, es ist auch meine Haut, in der es mir allmählich zu eng wird.

Ich schäle mich aus den klammen Sachen, lege sie ab, Schicht für Schicht, und fühle mich trotzdem nicht frei.

Unter der Dusche drehe ich das Wasser so heiß, dass es dampft, ich denke an Leons Bad, an den Schriftzug auf seinem Spiegel, ich denke an Leon. *Für immer und ewig.* Ob er heute auf mich wartet? Will ich ihn denn besuchen?

Ich schließe die Augen, lasse das Wasser über meinen Körper laufen, in meinen Mund, würde so gern den bitteren Nachgeschmack herausspülen, all die Bilder, die mich so fest im Griff haben: den Jungen mit den dunklen Augen, die weißen Rosen, die schwarze Katze, den Engel – den vor allem. Plötzlich muss ich husten, verschlucke mich, spucke Wasser, Panik erfasst mich, ich bekomme keine Luft mehr, und erst als ein dumpfer Schmerz meine Hand durchzuckt, merke ich, dass ich gegen die Wand geschlagen habe.

»Anna? Bist du da drin?«

Meine Mutter. Ich drehe das Wasser ab, steige aus der Dusche, wickele mich in ein Handtuch und öffne die Tür.

»Sorry, Mama. Ich habe dich nicht gehört.«

»Ist alles in Ordnung?«

»Ja, natürlich.«

Ich schlüpfe an meiner Mutter vorbei.

Sie hält meinen Arm fest.

»Mama!«

»Entschuldige bitte.«

Ich verdrehe die Augen.

»Ich mache mir Sorgen, Anna.« Sie spricht so leise, dass ich sie kaum verstehe.

»Warum?«

»Du hast dich verändert.«

Ich starre sie an. *Du hast dich verändert.* Hat Leon mit ihr geredet?

Auf dieses Gespräch habe ich jetzt definitiv keine Lust. Schon gar nicht mit meiner Mutter. Ich werde mir nicht schon wieder anhören, dass ich komisch geworden bin. Oder dass ich mich zu wenig um Leon kümmere. Oder dass ich mehr für die Schule machen soll. All das will ich jetzt nicht hören.

Vielleicht habe ich mich verändert. Na und? Ist es falsch, sich zu verändern, wenn nichts um einen herum mehr so ist, wie es mal war? Ist es falsch, in Bewegung zu bleiben? Sollten sie sich nicht freuen, wenn ich mich wirklich verändert habe? Wenn ich mich verändere, dann lebe ich noch. Immerhin.

»Anna, bitte sprich mit mir.« Ich höre das Flehen in ihrer Stimme und ich ertrage es nicht.

Das Klingeln an der Tür erlöst mich für diesen Moment. Meine Mutter lässt mich los und eilt den Flur hinunter. Schnell schlüpfe ich in mein Zimmer.

Ich will mir gerade ein frisches T-Shirt anziehen, als sie schon wieder an die Tür klopft.

»Anna?« Ohne meine Antwort abzuwarten, kommt sie rein. Hektisch ziehe ich mir das Shirt über den Kopf und schnappe mir eine saubere Jeans.

»Anna, Besuch für dich. Ich hab ihm gesagt, du kommst gleich.«

»Leon?«

Meine Mutter schüttelt den Kopf. »Nein, nicht Leon. Ein Junge aus deiner Schule. Sagt er jedenfalls.« Sie schafft es, ihre Antwort wie eine Frage klingen zu lassen.

Ein Junge aus meiner Schule. Keine Ahnung, wer das sein soll. Seit der Geschichte mit Nico mache ich um die Jungen in meiner Schule lieber einen großen Bogen.

Du weißt genau, wer da draußen ist.

Ich ignoriere die Stimme in mir.

Trotzdem schlägt mein Herz bis zum Hals noch bevor ich die Haustür überhaupt geöffnet habe.

»Phil.« Wieder kann ich seinen Namen nur flüstern.

»Was willst du hier?«

Ich frage ihn nicht, wie er mich überhaupt gefunden hat. Ich frage ihn nicht, wie er hierhergekommen ist. Ich ignoriere, dass er klatschnass ist. In mir ist alles in Aufruhr. Mein Herz rast, meine Knie werden weich. Und gleichzeitig kämpfe ich verzweifelt gegen meinen Wunsch an, mich in Phils Arme zu werfen.

»Ich wollte dir das hier bringen.«

Er hält mir ein kleines Büchlein unter die Nase. Mein Kalender. Mist. Der muss mir aus dem Rucksack gefallen sein, als ich Hals über Kopf die Hütte verlassen habe. Jetzt wird mir auch klar, woher er weiß, wo ich wohne.

»Danke.« Ich räuspere mich, weiß nicht, was ich sagen soll.

Phil scheint es nicht anders zu gehen. Nervös tritt er von einem Fuß auf den anderen.

Ich bin vollkommen durcheinander. Weiß nicht, was ich jetzt tun soll. Alles in mir schreit danach, diesen Jungen an mich zu ziehen, ihn festzuhalten und nie wieder loszulassen. Und gleichzeitig möchte ich so schnell wie möglich die Haustür zuknallen, von innen abschließen und ihn draußen halten aus diesem Haus, aus meinem Leben, aus meinem Herzen.

»Also dann ...«, sagt Phil nach einer gefühlten Ewigkeit.

Ich nicke nur.

»Das mit vorhin ... das mit vorhin, es tut mir leid. Ich wollte nicht ... du sollst nicht denken, dass ich ... ich dachte ...«

Ich schüttele den Kopf. Will, dass er aufhört zu reden. Will, dass er aufhört, *so* zu reden.

»Ist schon gut. Es war nicht deine Schuld.«

Krampfhaft versuche ich, ihm nicht ins Gesicht zu sehen. *Lass nicht zu, dass du dich wieder in seinen Augen verlierst.* Dabei ist es doch genau das, wonach ich mich sehne.

»Anna, ich ...«

»Ja?«

»Ich wollte dir nur sagen, dass ich demnächst wegfahre. Nach England.«

Mein Herz bekommt einen weiteren Riss.

»Ja, du hast mir davon erzählt.« Diesmal kann ich mich selbst kaum hören.

»Aber jetzt ist es konkret geworden. Ich habe eine Einladung bekommen. Für ein Praktikum. Ich fahre schon am Wochenende. Ich wollte es dir eigentlich vorhin schon sagen. Aber dann ... also dann haben wir ... dann hast du ...« Phil schweigt.

Schon am Wochenende. In meinem Kopf dreht sich alles. Phils Worte klingen auf einmal ganz weit weg. Das Blut rauscht mir in den Ohren. Ich halte mich am

Türrahmen fest, weil der Boden unter meinen Füßen plötzlich so schwankt. Ich habe ihn doch gerade erst gefunden. *Du hättest ihn aber gar nicht erst finden dürfen,* tönt es in mir. Ich beiße mir auf die Lippen.

»Wie lange?« Meine Stimme ist nur noch ein Flüstern. Warum frage ich das überhaupt? Es spielt doch gar keine Rolle. Wir kennen uns ja kaum.

»Ein halbes Jahr. Und danach kann ich vielleicht dort Kunst studieren.«

Schlag ihn dir aus dem Kopf, Anna. Es darf nicht sein.

»Ich dachte, vielleicht können wir uns ab und zu mailen? Oder telefonieren? Vielleicht ... vielleicht kannst du mich ja sogar mal besuchen. Es gibt ganz billige Flüge nach England.«

Ich starre ihn an. Ich soll ihn besuchen? Während ich dabei bin, ihn mir aus dem Herzen zu reißen, spricht er davon, dass ich ihn besuchen soll?

Schnell weiche ich einen Schritt zurück. »Du musst jetzt gehen. Bitte. Ich habe überhaupt keine Zeit.«

Zum zweiten Mal heute sieht er aus, als hätte ich ihm eine Ohrfeige verpasst. Und dann mache ich doch den Fehler, in seine Augen zu schauen. Sie sind jetzt noch dunkler als sonst. Als ob sich die Gewitterwolken dorthin zurückgezogen hätten.

Ich muss schlucken. Will etwas sagen. Will ihm sagen, wie durcheinander ich seit unserem ersten Treffen bin, will ihm erzählen, wie oft ich an ihn denke, wie sehr ich unsere Gespräche genieße, wie viel mehr ich davon möchte. Aber ich sage nichts. Und ersticke fast an all den Worten, die ich nicht sagen darf.

»Na gut. Ich geh dann mal wieder.«

Seine Stimme klingt so kalt, wie ich mich plötzlich wieder fühle. Eine heiße Dusche hilft nicht. Keine heiße Dusche der Welt hilft gegen die Kälte, die von innen kommt.

Lass nicht zu, dass er geht!

»Ich kann nicht«, flüstere ich. Ich darf nicht.

Und dann schließe ich die Tür.

Meine Mutter schaut nicht hoch, als ich in die Küche komme. Sie sitzt am Küchentisch und starrt in ihre Kaffeetasse, die sie mit beiden Händen umklammert. Ich nehme mir ebenfalls eine Tasse aus dem Schrank, gieße Kaffee hinein und setze mich zu ihr.

»Das war Phil«, sage ich, bevor sie fragt. »Er hat meinen Kalender gefunden und mir zurückgebracht.« Ich lege das kleine Büchlein auf den Tisch. »Und er hat mich daran erinnert, dass am Freitag eine Party ist.«

Meine Mutter hebt den Kopf. »Eine Party?«

Ich nicke. »Jans Geburtstagsparty. In *Omas Apotheke*.«

Ich sehe das Leuchten in ihren Augen. »Schön. Ich freue mich, wenn du mal wieder rausgehst. Du hast dich viel zu lange hier verkrochen ... Wir haben uns viel zu lange verkrochen«, fügt sie leise hinzu und ich bin mir nicht sicher, ob ich den letzten Satz überhaupt hören sollte.

»Ich muss noch was für die Schule machen.« Ich nehme meine Kaffeetasse und stehe auf.

Als ich im Flur an der geschlossenen Haustür vorbeikomme, durchzuckt mich wieder dieser Schmerz. Am liebsten würde ich sie aufreißen und nachschauen, ob Phil tatsächlich gegangen ist oder ob er draußen auf mich wartet. *Sei nicht albern, Anna, warum sollte er das tun? Du hast ihn weggeschickt.* Ich seufze und widerstehe der Versuchung nachzusehen.

Auf dem Weg in mein Zimmer fasse ich einen Entschluss. Ich muss eine Weile suchen, bis ich mein Handy finde. Dann wähle ich Leons Nummer und warte mit klopfendem Herzen darauf, dass er sich meldet.

»Hallo, Leon, ich wollte dir nur Bescheid sagen, dass wir am Freitag auf eine Party eingeladen sind. Bei Jan. Jan aus meinem Deutschkurs, du weißt schon. Er feiert seinen Geburtstag. Du kommst doch mit, oder?«

Ich lief nicht nach Hause, ich flog. Fühlte mich leicht und so unendlich glücklich. Ich flüsterte Philipps Namen vor mich hin, ich sang ihn und er hallte in meinem Körper nach wie ein summender Bienenschwarm.

Ich dachte an seine Zärtlichkeiten, die meine Haut einge- hüllt hatten wie tausend Rosenblätter, atmete seinen Ge- ruch ein, der sich in meinen Kleidern verfangen hatte und den ich nun nach Hause trug wie ein Parfüm in einem kost- baren Flakon. Alles an ihm war Versprechen. Mein Haar war noch feucht von unserer letzten Umarmung im Regen und meine Lippen brannten noch von unserem letzten Kuss.

So musste ein Schmetterling sich fühlen, wenn er zum ersten Mal die Flügel ausbreitete.

Es war eine schallende Ohrfeige, die mich aus meinem Himmel zurück in die Wirklichkeit holte.

»Papa, ich …«

Es gab nichts, das ich hätte sagen können. Er zerrte mich ins Haus, vorbei an Leonard, der in der Diele stand.

»Leonard ... bitte. Es tut mir ...«

Ich verstummte. Ich konnte nicht lügen. Mein Gesicht glühte, meine Tränen brannten auf der Haut. Das Wasser tropfte von meinem Mantel und wurde zu einer Flut, die alles mit sich riss. Ich wollte, ich hätte mich schämen können. Ich wollte, ich hätte zumindest ein schlechtes Gewissen gehabt, aber alles, was ich fühlte, war Mitleid.

Mir war bewusst, dass ich Leonard zutiefst verletzt hatte. Er sagte nichts, sah mich nur traurig an und verließ dann das Haus. Und ich? Ich war froh, als er ging.

Papa schloss mich in mein Zimmer ein und untersagte mir, es vor unserer Abreise noch einmal zu verlassen. Selbst das Essen ließ er mir auf mein Zimmer bringen.

Kurz spielte ich mit dem Gedanken, einfach wegzulaufen. Aber wohin hätte ich gehen, wo hätte ich leben sollen? Ich musste eine Entscheidung treffen. Wieder und wieder malte ich mir alle Möglichkeiten aus, und in meiner tiefen Verzweiflung erschien mir die Lösung, meinem Leben ein Ende zu setzen, die leichteste von allen zu sein.

Weihnachten ging vorüber, ohne dass ich etwas von Philipp hörte. An Silvester gestattete mir Papa, mein Zimmer zu verlassen, aber es war das traurigste Silvesterfest, das ich je erlebt hatte.

Papa hatte nur die engste Familie eingeladen und alle lagen sich weinend in den Armen. Dass meine Tränen nicht meiner zurückbleibenden Verwandtschaft galten, sondern dass ich um meine verlorene Liebe weinte, merkte niemand. Außer Mama vielleicht, aber was hätte sie schon tun sollen? Der Gedanke daran, Philipp niemals wiederzusehen, zerriss mir das Herz.

Und dann fand Imke die Rose.

Am Neujahrsmorgen stand sie vor der Küchentür im Hinterhof. Eine weiße Rose in einem kleinen Blumentopf.

Ganz winzig und verloren stand sie da auf der Treppe, und fast hätte Imke sie nicht gesehen, weil sie zum Schutz vor der Kälte in Sackleinen eingeschlagen war.

Imke brachte die Rose sofort zu mir und zusammen fanden wir das Briefchen:

> Diese Rose soll immer für dich blühen,
> so wie meine Liebe immer für dich blühen wird.
> Egal, wo du bist. Egal, wo ich bin.
> In der Rose sind wir vereint.
>
> Philipp.

Und wie mein Leben ewig quillt
Und Knosp um Knospe sich erschließet,
Wenn mich die Sonne sanft und mild
Mit ihrem Feuerkuß begrüßet,
So deine Freundin ewig blüht,
Beseelt vom Geiste ihrer Lieben,
Denn ob der Rose Schmelz verglüht –
Der Rose Leben ist geblieben.

(*Wilhelm Hauff, 1802-1827*)

Als ich am nächsten Morgen die Augen aufschlage, fühle ich mich wie gerädert. Ich habe abwechselnd von steinernen Engeln und weißen Rosen geträumt, und auch das enttäuschte Gesicht von Phil tauchte mehrmals in meinem Traum auf.

Ich atme tief durch und beglückwünsche mich in Gedanken dazu, dass ich Leon gestern noch zu Jans Geburtstagsparty eingeladen habe. Es ist ein Schritt in die richtige Richtung, beschwöre ich mich. Aber heute steht erst einmal die Ausstellungseröffnung von Ruths ehemaligem Deutschkurs auf dem Programm. Das wird mich zumindest von Phil ablenken.

Als wir bei den Auswandererhallen ankommen, greife ich nach Leons Hand.

Mein Vater hat uns doch begleitet, und auch wenn er während der ganzen Fahrt kein einziges Wort mit uns geredet hat, bin ich ihm sehr dankbar für diesen Schritt.

Ich schaue hinüber zu den drei roten Backsteinhallen, in denen sich das Museum befindet. Es steht genau dort, wo der Reeder Albert Ballin 1901 die ersten Auswandererhallen errichten ließ. In den originalgetreu wiederaufgebauten Gebäuden kann man die Geschichten von Menschen nacherleben, die von Hamburg aus nach Übersee auswanderten.

Auf der Wiese davor sind schon eine Menge Leute. Vereinzelt dringen Stimmen zu uns herüber. Es liegt Vorfreude in der Luft.

Langsam setzen wir uns in Bewegung. Mein Herz klopft laut, und mit jedem Schritt, den wir uns den Hallen nähern, schlägt es schneller. Inzwischen kann ich einzelne Personen erkennen. Ich sehe ehemalige Mitschüler von Ruth, weiter hinten ist Frau Winkler, ich sehe Eltern, deren Gesichter mir vertraut sind.

Je näher wir kommen, desto stiller wird es. Alle scheinen uns anzustarren. Meine Beine fangen an zu zittern. Ich halte Leons Hand fester. Mit jedem Schritt schwankt der Boden unter meinen Füßen mehr. Mit jedem Schritt wird die Luft um mich herum dünner. Am liebsten möchte ich umkehren.

Es war falsch, *heute* hierher zu kommen. Wir hätten uns die Ausstellung an irgendeinem anderen Tag anschauen sollen.

Ich werfe meinem Vater einen verstohlenen Blick zu und sehe, dass er das Gleiche denkt. Zum ersten Mal seit Langem verstehen wir uns auch wortlos.

Viele sehen verlegen zur Seite, niemand weiß, was er sagen soll. Die Spannung, die plötzlich in der Luft liegt, ist kaum auszuhalten. Erst als Ruths Lehrerin uns entdeckt und lauthals begrüßt, fängt die Welt wieder an, sich zu drehen.

Jetzt kommen auch die anderen Erwachsenen auf uns zu. Begrüßen meine Eltern, klopfen mir auf die Schulter. Ruths ehemalige Mitschüler winken uns zu, und als einige auf meine Hand schauen, die sich immer noch an Leon klammert, lasse ich ihn schnell los.

Weitere Gäste treffen ein und werden fröhlich begrüßt, jemand läuft um uns herum und macht von allen Seiten Fotos. Vielleicht einer von der Presse, überlege ich, oder einfach nur ein Vater, der Erinnerungsfotos schießt.

Dann setzt sich der riesige Tross in Bewegung. Frau Winkler läuft vorneweg. In meinem Kopf summen die Stimmen. Lachen und gespannte Erwartung mischen sich mit anderen Klängen. Jemand rempelt mich von rechts an, schiebt sich an mir vorbei, ich werde langsamer, das Stimmengewirr in meinem Kopf schwillt an. Das fröhliche Lachen ist verschwunden, wird zu einem Rauschen, die Gesichter der Menschen um mich verschwimmen vor meinen Augen, irgendwo weint ein Kind, Menschen fluchen in einer fremden Sprache, jemand schiebt mich weiter, offensichtlich bin ich stehen geblieben.

»Anna? Ist alles in Ordnung?« Es ist Leon, der mich besorgt mustert und wieder nach meiner Hand greift.

»Ja. Natürlich.« Ich atme tief durch. »Mir war nur kurz schwindelig. Bestimmt von der Hitze.«

Leon nickt und zieht mich weiter zur Eingangstür. »Drinnen ist es sicher kühler, komm.«

Tatsächlich ist es in der Halle angenehm frisch. Das war nicht immer so, denke ich. In den Baracken war es oft stickig, die Luft abgestanden, verbraucht von all den Menschen, die sich Tag für Tag hier aufhielten und auf das Auslaufen ihres Schiffes warteten.

Ich wundere mich kurz über diesen Gedanken, aber dann höre ich, wie Ruths Lehrerin alle Gäste begrüßt, und versuche, mich auf ihre Worte zu konzentrieren.

Frau Winkler zeigt auf die großen Stellwände ringsum und die davor aufgebauten Dekorationen. Die Stellwände sind mit Dokumenten, Briefen, Landkarten, Schiffsdaten und alten Fotos beklebt.

Ruths Lehrerin bedankt sich bei allen, die zum Gelingen der Ausstellung beigetragen haben, danach spricht noch jemand von der Museumsleitung, auch er bedankt sich und beglückwünscht die anwesenden Eltern zu so engagierten Kindern und gratuliert allen nachträglich zum bestandenen Abitur.

Ich sehe, wie meine Mutter zusammenzuckt, dann gehen zwei Mädchen mit Tabletts herum und verteilen

Gläser mit Sekt oder Orangensaft, es wird geklatscht, wieder macht einer Fotos, und die Leute fangen an, sich zu den Schautafeln zu begeben.

Vor den Tafeln haben die Schüler Exponate aufgebaut, die an die Zeit der Auswanderungen erinnern sollen. Alte Koffer, Werkzeuge, Kleidungsstücke, wie man sie vermutlich im neunzehnten Jahrhundert getragen hat, altes Geschirr und ähnliches mehr.

»Komm, lass uns mal schauen, ob wir Ruths Arbeiten finden.« Leon zieht an meiner Hand, und ich reiße den Blick von einer sperrigen Hutschachtel los, die mich in ihren Bann gezogen hat.

Ich lasse mich von Leon zur ersten Tafel führen. Darauf klebt die Kopie einer alten Packliste. Fast ist es, als ob ich die Berge von Wäschestücken vor mir sehen könnte, die darauf aufgeführt sind, wie sie ausgebreitet auf einem Fußboden liegen, viel zu viel, um alles einpacken zu können: Nachthemden, Unterhemden, Unterröcke, Strümpfe. Was soll man mitnehmen, was kann man entbehren, wenn man in ein Land auswandert, von dem man fast nichts weiß?

Mir ist immer noch schwindelig, mehr als zuvor, ich kann mich kaum auf die Texte an der Tafel konzentrieren.

»Was ist los?« Leon mustert mich besorgt.

»Nichts.« Ich schüttele den Kopf. »Mir ist nur immer noch ein bisschen schwindelig.«

Leon zeigt auf einen alten Brief.

»Ich glaube, von dem hat mir Ruth damals erzählt. Sie schimpfte darüber, wie mühsam es war, die alte Handschrift zu lesen.«

Ich schaue kurz zu dem Brief, aber die Schrift verschwimmt vor meinen Augen.

Ich lasse Leons Hand los. »Tut mir leid. Ich muss mal an die frische Luft.«

Leon will mich festhalten, aber ich weiche zurück.

»Du kannst doch jetzt nicht gehen. Wie sieht das denn aus? Als ob du dich für die Arbeiten deiner Schwester nicht interessieren würdest.«

»Aber ich interessiere mich doch dafür. Mir geht es nur nicht so gut.«

»Liegt es daran, dass nicht du, sondern Ruth an dieser Ausstellung mitgearbeitet hat?«

Irritiert sehe ich Leon an. »Wie bitte?«

»Ich finde, Ruth hätte es verdient, dass du ihre Arbeit mehr würdigst.«

»Was soll das? Was willst du mir eigentlich sagen?« Meine Stimme wird lauter, und es ist mir egal, dass einige Leute sich bereits zu uns umdrehen.

»Ich glaube, dass du eifersüchtig auf deine Schwester bist.«

Ich öffne den Mund, bringe jedoch nur ein hilfloses Krächzen zustande.

»Auf deine tote Schwester«, fügt er hinzu.

Tränen schießen mir in die Augen. Ich schüttele den Kopf, will etwas sagen, aber ich bekomme kein Wort mehr heraus. Ich muss weg hier. Ich muss so schnell wie möglich weg hier, bevor noch mehr kaputtgeht, als ohnehin schon zerbrochen ist.

»Das glaubst du nicht wirklich«, flüstere ich.

Leon antwortet nicht. Aber seinem Gesichtsausdruck entnehme ich, dass er genau das denkt. Ich drehe mich um und laufe aus der Halle.

»Anna?«, ruft meine Mutter.

»Sie will nur kurz Luft schnappen. Sie kommt gleich wieder zurück«, versucht Leon, meine Mutter zu beruhigen.

Alles war grau. Ich ließ meinen Blick über den Amerika-Kai schweifen. Ein letzter Blick zurück. Das war es also, was blieb: kaltes, lebloses Grau.

Ich dachte an die Farben auf Philipps Paletten, dachte an unsere Gespräche über Malerei. All dies schien Ewigkeiten her zu sein. Die Kälte kroch unter meinen Mantel, aber sie machte mir nichts mehr aus. Alles in mir war taub.

Seit drei Tagen befanden wir uns schon in den Baracken auf dem Amerika-Kai. Noch nie hatte ich so viele Menschen auf einmal gesehen. Sie kamen nicht nur aus Deutschland. Auswanderer aus ganz Europa trafen hier zusammen.

Ich wurde Teil eines Stroms, der mich unaufhörlich mit sich zog. Von Station zu Station. Überfüllte Schlafsäle. Ärztliche Untersuchungen. Desinfektion der Kleidung. Und immer wieder Kontrollen der notwendigen Papiere und Genehmigungen. Gemeinsame Mahlzeiten in riesigen Sälen. Ich konnte nichts essen. Konnte nicht schlafen. Konnte nichts denken, außer: Philipp.

Er hatte mich gebeten zu bleiben, in einem Brief, den Imke zu uns ins Haus geschmuggelt hatte. Er hatte mich angefleht, unserer Liebe eine Chance zu geben. Tag und Nacht hatte ich an nichts anderes denken können, hatte seinen Brief wieder und wieder gelesen, jedes seiner kostbaren Worte in mich aufgesaugt – meinen bittersüßen Proviant für eine Reise, die mir das Herz brechen würde.

»Johanna, kommst du? Der Fotograf ist da.«

Der Fotograf. Ich hatte ihn ganz vergessen. Er sollte ein Gruppenfoto von den Leuten machen, die mit dem nächsten Schiff abfuhren. Wir gehörten dazu.

»Ich komme!« Ich griff nach Mamas Hand, um sie in der Menschenmenge nicht zu verlieren. Mit der anderen Hand umklammerte ich die Rose. Sie war alles, was mir von Philipp geblieben war. Solange ich die Rose hatte, solange würde ich auch ihn haben.

Am Kai fanden wir Papa, Leonard und seinen Vater. Hier warteten so viele Menschen, dass es mir ein Rätsel war, wie der Fotograf sie alle auf ein einziges Bild bekommen wollte.

Endlich standen wir in Positur. Leonard legte mir die Hand auf die Schulter. Sie wog schwer, tonnenschwer. Erst wollte ich sie abschütteln.

Aber dann ließ ich ihn gewähren. Er war mein Verlobter. Und er würde mein Gemahl werden. Es gab keinen anderen Weg. Ich hatte mich entschieden.

Behutsam wickelte ich das Rosentöpfchen aus dem Sackleinen und hielt die Rose mit beiden Händen vor meine Brust.

Ich starrte auf den Fotografen und versuchte vergeblich, die Tränen wegzublinzeln. Meine Mütze kratzte, ich schob sie ein Stück zurück, um besser sehen zu können.

Meine Augen suchten den Kai ab. Viele Neugierige schauten dem Fotografen bei seiner Arbeit zu und musterten uns. Einige von ihnen winkten zum Abschied. Ich beneidete jeden, der hierbleiben durfte, und suchte in der Menge den einen, nach dem mein Herz sich so sehr verzehrte. Kurz glaubte ich, seinen dunklen Haarschopf gesehen zu haben, aber dann erkannte ich meinen Irrtum und Leonards Hand lag schwer auf meiner Schulter.

Ich hielt die Rose fester.

Nun ging alles sehr schnell. Wir wurden aufgefordert, unser Handgepäck zu holen und an Bord zu gehen.

Ich klammerte mich an Mama, Leonard blieb dicht hinter mir. Die Gangway war glatt und rutschig vom Frost, unser Atem malte weiße Wolken in die Luft.

Irgendjemand schubste mich von hinten, ich stolperte, aber Leonard griff mir unter die Arme und fing mich auf.

Die Menschen schoben und drängten auf das riesige Schiff, als hätten sie Angst, es könnte ohne sie ablegen. Ich war wie gelähmt. Ließ mich von Mama ziehen, von Leonard schieben, konnte nichts denken außer: Philipp.

Er war nicht gekommen.

Wie in Trance ließ ich mich in unsere Kabinen bringen. Wir reisten erster Klasse und die Kabinen waren äußerst komfortabel, vor allem verglichen mit den Unterkünften der letzten Tage. Aber ich hatte kein Auge für den Luxus.

Ich warf mich aufs Bett, und obwohl Mama drängte, ich solle nach draußen kommen, um meiner alten Heimat zum Abschied zu winken, schaffte ich es nicht, noch einmal aufzustehen.

Seit ich die Cimbria betreten hatte, hatte ich nicht nur meine Vergangenheit, sondern auch meine Zukunft hinter mir gelassen. Es gab keine Erinnerungen mehr und keine Träume.

Ich lag auf dem Bett, lauschte den Geräuschen, die durch die Kabinenwände zu mir drangen, und fiel schon bald in einen tiefen Schlaf. Ich war so erschöpft. Erschöpft vom Weinen, vom Warten, erschöpft von der Hoffnung, die sich dann doch zerschlagen hatte. Das dumpfe Dröhnen der Maschinen wiegte mich in den Schlaf ...

Ich träume von Feldern voller blühender Rosen, mitten in ihnen steht Philipp und ruft etwas, das ich nicht verstehe.

Ich will auf ihn zulaufen, aber es geht nicht. Die Rosen halten mich fest, ziehen mich hinunter, ich schreie nach Philipp, sehe, dass er antwortet, sehe, wie sein Mund sich bewegt, aber ich kann ihn nicht hören.

Verzweifelt kämpfe ich gegen die Rosen, da vernehme ich Schreie, andere Stimmen, die in diesem Traum nichts zu suchen haben, ich reiße mich von den Rosen los, die höher und höher wachsen, der Boden bebt unter mir, ein Schmerz durchfährt meinen Kopf und ich schlage die Augen auf.

Es dauert einen Moment, bis ich begreife, wo ich bin und dass ich auf dem Boden neben dem Bett liege.

Ich habe mir den Kopf angestoßen, etwas fällt von meinem Nachttisch.

Das Rosentöpfchen.

Ich versuche, es aufzufangen, da neigt sich der Fußboden unter mir. Erst jetzt höre ich wieder die Schreie, dann das Klopfen an meiner Kabine. Die Tür wird mit einem Ruck aufgerissen, ich versuche, auf die Füße zu kommen, will ein Licht anzünden gegen diese schreckliche Dunkelheit.

»Bleib, wo du bist. Ich hol dich!«

Papa.

Und dann fühle ich, wie das Wasser sich über dem Fußboden ausbreitet und immer höher steigt.

Eisiges schäumendes Wasser ...

Du bist die erste Rose,
Die mir der Frühling bringt,
Die letzte aus dem Mose
Die noch im Herbste dringt;
Du blühest vom Getose
Des Wintersturms umringt,
Von keiner Zeit bedingt,
Blühst du mir als Zeitlose;
O schöne hochzeitlose
Braut, die der Tod umschlingt,
O duft'ge Hochzeitrose,
Die aus dem Grab entspringt!

Friedrich Rückert (1788-1866)

Es dauert eine Weile, bis mein Atem sich wieder etwas beruhigt. Obwohl mir kalt ist, spüre ich Schweißtropfen auf meiner Stirn. Am liebsten würde ich einfach nach Hause fahren. Frage mich, was ich hier soll. Frage mich, welchen Gefallen ich Ruth damit tue, mir das hier anzuschauen.

Ich sitze auf einer Bank und betrachte die roten Backsteingebäude mit den großen aufgemalten Nummern.

Ich will nicht wieder zurück, will mir die Ausstellung nicht ansehen, will vor allem nicht wieder mit Leon über Ruth reden müssen. Ich will mit niemandem über Ruth reden müssen.

In meinem Kopf flüstert die Stimme, die mir keine Ruhe lässt: *Du willst über Rosen reden. Und über Engel. Du denkst schon wieder nur an den Jungen, an den du nicht denken sollst. Deshalb willst du nicht zurück zu Leon.*

Das stimmt nicht. Ich schüttele den Kopf und fast hätte ich es herausgeschrien. Das stimmt so überhaupt nicht!

Langsam stehe ich auf. Es ist nicht wahr, dass ich wegen Leon nicht wieder in die Halle will. Er hat damit nichts zu tun, gar nichts. Es ist anders. Ganz anders. Aber ich kann es nicht erklären. Weil ich selbst nicht genau weiß, was es ist. Ich weiß nur, dass mir da drinnen schlecht wird. Schwindelig. Dass ich kaum atmen kann. Vielleicht liegt es wirklich nur an der Sommerhitze. Und an den vielen Menschen, die sich in Haus 1 tummeln.

Ich gehe auf Haus Nummer 2 zu. Zu den anderen und der Sonderausstellung will ich nicht wieder zurück. Noch nicht. Aber ich kann mir ja so lange das Museum angucken.

Als die Tür hinter mir ins Schloss fällt, atme ich aus. Es ist kühler hier. Die dicken gemauerten Wände halten die Hitze draußen. Ich schiebe meine Eintrittskarte in das Lesegerät und gehe durch das Drehkreuz. Das Museum liegt leer und verlassen vor mir. Alle Besucher befinden sich offensichtlich noch in Haus 1. Langsam gehe ich durch die Räume.

Gleich in der ersten Halle hängen viele große Bilder. Davor steht eine lange Bank.

Bei genauerem Hinsehen erkenne ich, dass die Bilder als Gemälde getarnte Videoinstallationen sind, die alte Filme aus der Zeit der Auswanderer zeigen. Die Schwarz-Weiß-Filme flimmern über die Monitore. Ich frage mich, ob wenigstens ein Teil dieser Menschen in ihrer neuen Heimat glücklich geworden ist.

Dann spukt mir plötzlich wieder Leon durch den Kopf. Wie kann er nur glauben, ich könnte auf meine tote Schwester eifersüchtig sein? Warum sagt er so etwas? Mir ist klar, dass auch Leon unseren Streit noch nicht verdaut hat. Wir beide leiden unter dieser Situation, und ich habe keine Ahnung, was ich dagegen tun soll. Wenn ich nur Phil niemals begegnet wäre.

Phil. Was er jetzt wohl macht? Ich zwinge mich, nicht weiter darüber nachzudenken. Ich darf es nicht. Wenn ich das hier jemals wieder in den Griff kriegen will, muss ich endlich damit aufhören, ihm hinterherzutrauern.

Nach einer Weile stehe ich auf und gehe in den nächsten Saal. Betrachte auch hier die Bilder an den Wänden, sehe die lebensgroßen Puppen, die Auswanderer darstellen sollen und deren Geschichten erzählen.

Man muss sich Kopfhörer ans Ohr halten, um sie zu hören. Ich brauche keinen Ton. Ich höre die Geschichten auch so. Sie sind bereits in mir. Sie murmeln und flüstern und sprechen, Hunderte von Stimmen. Das Rauschen ist wieder da. Wird lauter. Am liebsten würde ich mir die Ohren zuhalten, laufe schneller, suche den Ausgang, ich muss raus, ich weiß nicht, was los ist, aber ich kann hier nicht bleiben, renne fast, stolpere durch die nächste Tür und halte die Luft an.

Ich stehe vor einem riesigen Schiff. Sein Anblick nimmt mir den Atem. Und alles in mir schreit danach, wegzulaufen.

Erst auf den zweiten Blick sehe ich, dass es kein echtes Schiff ist, sondern nur ein Nachbau, der den Besuchern das Gefühl geben soll, sich gerade auf dem Weg in die Neue Welt zu befinden.

Meine Beine zittern. Wenn ich zum Ausgang will, muss ich durch dieses Modell eines Schiffes hindurch. Ich betrete die nachgebildete Gangway, laufe langsam nach oben. *Schiff der Träume* lese ich an der Bordwand. Ich frage mich, mit welchen Hoffnungen, Träumen, Wünschen und Sehnsüchten die Auswanderer seinerzeit wohl an Bord gegangen sind.

Mit welchen Träumen gehe ich an Bord?

Tote träumen nicht, wispert die Stimme in mir und ich gebe ihr recht.

Fast ist es, als könnte ich das Gedränge beim Betreten des Schiffes spüren, einmal sehe ich mich um, weil ich glaube, jemand hätte mich von hinten geschubst. Aber da ist niemand. Ich bin vollkommen allein auf meinem Weg in diese andere Welt.

Ich schließe die Augen, klammere mich an dem Handlauf fest, kämpfe gegen das Rauschen in meinen Ohren. *Stell dich nicht so an, Anna, es ist nur ein Modell, es ist nichts weiter als ein Museum.* Unter meinen Füßen plätschert sanft das flache Wasser, in dem das Schiff liegt. An jedem anderen Tag hätte ich diese Idee hübsch gefunden. Und romantisch.

Mit klopfendem Herzen gehe ich weiter. Alles in mir sträubt sich dagegen, das Schiff zu betreten. Und doch werde ich wie von einem Magneten angezogen. Schritt für Schritt lege ich auf dem Steg zurück, Schritt für Schritt nähere ich mich dem Bauch des Schiffes.

Als ich in das Innere komme, brauche ich einen Moment, bis sich meine Augen an das Dämmerlicht gewöhnt haben. Dann sehe ich die Kabinen. Von der Holzklasse bis zur Luxuskabine ist alles dabei. Ich lasse den Nachbau der Unterdeck-Kabinen hinter mir, schaue kurz in eine Erste-Klasse-Kabine.

Sie ist spiegelverkehrt eingerichtet, denke ich und wundere mich zugleich über diesen Gedanken. Das Bett sollte auf der anderen Seite stehen. Als mein Blick auf den kleinen Nachtschrank fällt, durchschießt ein stechender Schmerz meinen Kopf. Unwillkürlich fasse ich mir an die Schläfe. Mich fröstelt.

War es mir eben noch zu warm, will ich jetzt so schnell wie möglich wieder nach draußen in die Sonne. Ich sehe den Ausgang und beschleunige meine Schritte, als meine Aufmerksamkeit von etwas angezogen wird.

Ich weiß nicht sofort, was es ist, trotzdem bleibe ich stehen, um es zu betrachten. Dann erkenne ich es: Es ist ein Bullauge. Ein offensichtlich sehr altes, beschädigtes Bullauge. Das runde Fenster sitzt in einem Stück Blech, das komplett verrostet ist und aussieht, als wäre es mit brutaler Gewalt aus dem Schiffsrumpf gerissen worden. Ich starre auf das Bullauge und plötzlich sind sie wieder da, die Stimmen in meinem Kopf.

Bleib, wo du bist. Ich hol dich!

Ich sehe das Wasser unter meinen Füßen, fühle, wie es steigt, fühle die Kälte, Eiseskälte, höre Rufe und dann ein kratzendes, schabendes Geräusch. Es klingt, als ob jemand mit einem Messer über Glas fahren würde. Gänsehaut breitet sich über meinen ganzen Körper aus.

Ich mache einen Schritt auf das Bullauge zu. Sehe Buchstaben, die jemand in das Glas gekratzt hat, aber ich kann nichts lesen. Sehe jetzt auch die Tafel, die neben dem Bullauge an der Wand angebracht wurde. Das runde Fenster gehörte einst zu dem Auswandererschiff *Cimbria*, das am 19. Januar 1883 vor der deutschen Küste im Nebel von einem anderen Dampfer gerammt wurde und sofort sank.

Die Menschen auf dem Dampfer wollten nach Amerika. Sie hatten alles hinter sich gelassen, um in der neuen Welt ihr Glück zu suchen. Sie hatten Hab und Gut verkauft, Freunde und Verwandte verlassen, um auszuwandern. Was für ein Hohn des Schicksals, dass sie es nicht einmal bis Borkum schafften. 437 Menschen fanden damals den Tod. Ertranken elend im Eismeer.

Cimbria. Das war das Schiff, mit dem Ruth sich so ausführlich beschäftigt hatte, fällt es mir wieder ein. Ich starre immer noch auf das Bullauge, höre wieder das schabende Geräusch einer Klinge auf Glas.

Meine Zähne fangen an zu klappern und ich kann nichts dagegen tun.

437 Tote. Ertrunken in der eisigen Nordsee.

Das Rauschen in meinem Kopf wird unerträglich. Wird zu einem dumpfen hässlichen Schmerz. Ich will nur noch raus hier.

Auf der Rückseite des Schiffes renne ich die Gangway hinunter, haste durch die nächste Halle und sehe die Fototafeln mit Gruppenfotos der Auswanderer. Sie müssen sich damals extra noch einmal für den Fotografen aufgestellt haben.

Ich laufe weiter, betrachte die Fotos nur im Vorbeihetzen, bis plötzlich eine Hand nach meinem Herz greift und einfach zudrückt. Eine eiskalte, nasse Hand, die sich nicht abschütteln lässt, die sich nicht nur um mein Herz legt, sondern gleichzeitig auch um meinen Hals und auf meinen Mund, um mich am Schreien zu hindern. Ich habe das Gefühl, gleich zu ersticken.

Ich stehe vor einem riesigen Schwarz-Weiß-Foto. Eine große Gruppe Menschen, junge Menschen, alte Menschen, Frauen, Männer und Kinder. Manche halten sich an den Händen, andere starren fast apathisch in die Kamera. Die Kinder sitzen in der ersten Reihe auf dem Boden, die Kleinsten werden von ihren Müttern auf dem Arm gehalten.

Es ist ein Winterfoto. Alle sind dick angezogen, eingemummelt gegen die Kälte, zum Teil kann man unter den Wollmützen und Schals nicht einmal Gesichter erkennen. Ein paar wirken verängstigt, andere blicken fröhlich und hoffnungsvoll in die Zukunft. *Passagiere der Cimbria vor dem Auslaufen am 19. Januar 1883,* lese ich die Bildunterschrift.

Wir alle haben Träume, die weiter reichen als das Leben. Aber wenn wir es wüssten? Wenn wir es vorher wüssten? Welche Träume hätten wir, wenn wir wüssten, dass wir morgen sterben müssen?

Wie würden wir leben, wenn wir es wüssten? Hätte Ruth irgendetwas anders gemacht, wenn sie es gewusst hätte?

Ich betrachte wieder das Bild, schaue in die Gesichter der Menschen, die zu diesem Zeitpunkt noch nicht ahnten, dass sie nur noch wenige Stunden zu leben haben. Versuche, den Gedanken wegzuschieben. Versuche, die Bilder wegzuschieben. Ich will sie nicht sehen, die Kinder, die Männer und Frauen, in ihrem aussichtslosen letzten Kampf im eisigen Nordmeer.

Doch dann erblicke ich das Mädchen. Es steht in der ersten Reihe. Etwa so alt wie ich, halblange dunkle Haare. Die Mütze auf ihrem Kopf rutscht fast herunter. Ihr Blick ist trotzig. Der Mund fest zusammengepresst.

Sie schaut mich an und ich weiß, dass ich diese Augen kenne. Es sind die Augen eines Engels. Eines Engels aus Stein.

Du siehst ihm ähnlich.

Es ist, als sähe ich in einen Spiegel.

Ich höre ein lautes grässliches Krachen, höre das Splittern und Brechen von Holz. Das Schaben von Metall über Metall. Höre Rufe, höre das Wasser, das von allen Seiten hereinbricht, ich rieche es, ich fühle es, ich schmecke es, und dann werden die Rufe zu Schreien, Todesschreien, der Boden unter mir kippt, ich falle, immer tiefer falle ich, die Kälte lähmt meine Arme, meine Beine und auch mein Herz.

Verzweifelt versuche ich, mich von diesen Augen zu lösen, die mir auf den Grund der Seele blicken. *Wenn du morgen sterben müsstest, was würdest du dann heute tun?* In den Händen hält das Mädchen einen Blumentopf, nein, es klammert sich an diesen Blumentopf, denke ich, und darin blüht eine weiße Rose. Eine blühende weiße Rose im Januar. Ein kleines Wunder. Der Boden unter meinen Füßen gibt endgültig nach, ich lasse mich einfach nach unten sinken und wundere mich noch, dass der Boden fest ist und mich auffängt.

Dann – endlich – ist alles schwarz.

GRÖSSTE SCHIFFSKATASTROPHE ALLER ZEITEN VOR DER DEUTSCHEN KÜSTE

SCHRAUBENDAMPFSCHIFF CIMBRIA NACH KOLLISION MIT ENGLISCHEM DAMPFER GESUNKEN. 437 TOTE.

Kurz nach dem Auslaufen aus dem deutschen Hafen wurde die Cimbria in dichtem Nebel vor dem Seegebiet „Borkum-Riff" von dem englischen Dampfer Sultan gerammt. Durch die Kollision wurde ein riesiges Loch in die Bordwand der Cimbria gerissen, die sofort mit Wasser volllief und sank. An Bord befanden sich neben der Besatzung 401 Passagiere.

Überlebende der Katastrophe berichten von einem verzweifelten Kampf um die Plätze in den Rettungsbooten und von Menschen, die in ihrer Not in die Mastspitzen kletterten. Viele stürzten hilflos in die Tiefe und fanden im eiskalten Wasser den sicheren Tod. Es dauerte Stunden, bis immerhin 55 der Schiffbrüchigen gerettet werden konnten. Von den an Bord befindlichen 72 Frauen und 87 Kindern wurde allerdings kaum jemand gerettet.

Insgesamt kamen bei der wohl größten Schiffskatastrophe in der deutschen Seefahrtsgeschichte 437 Menschen ums Leben.

Ich warf eine Rose ins Meer,
eine blühende Rose ins grüne Meer.
Und weil die Sonne schien, Sonne schien,
sprang das Licht hinterher,
mit hundert zitternden Zehen hinterher.
Als die erste Welle kam,
wollte die Rose, meine Rose, ertrinken.
Als die zweite sie sanft auf ihre Schultern nahm,
mußte das Licht, das Licht ihr zu Füßen sinken.
Da faßte die dritte sie am Saum,
und das Licht sprang hoch, zitternd hoch, wie zur Wehr;
aber hundert tanzende Blütenblätter
wiegten sich rot, rot, rot um mich her,
und es tanzte mein Boot,
und mein Schatten auf dem Schaum,
und das grüne Meer, das Meer - -

Richard Fedor Leopold Dehmel (1863-1920)

»Hallo! Mädchen! Alles in Ordnung?«

Jemand tätschelt mir die Wange und schüttelt mich. Als ich die Augen öffne, sehe ich einen Museumswärter, der neben mir kniet. Ich brauche einen Moment, um zu verstehen, wo ich überhaupt bin, aber als mein Blick auf das Foto fällt, erinnere ich mich wieder.

»Was ist passiert?«

Der Mann hilft mir dabei, mich aufzusetzen.

»Keine Ahnung. Du bist plötzlich umgekippt. Einfach an der Wand runtergerutscht.«

Erschrocken sehe ich ihn an und fühle, wie ich rot werde.

»Das ... das tut mir leid. Das wollte ich nicht.«

Der Mann lächelt. »Das glaube ich dir sogar. Wer will schon umkippen? Aber mal Spaß beiseite, soll ich einen Arzt rufen?«

»Nein, bitte, keinen Arzt. Es geht schon wieder. Ehrlich.«

Der Museumswärter bleibt skeptisch.

»Bist du sicher? Was war denn los? Hast du vielleicht zu wenig getrunken oder gegessen? Ihr jungen Dinger hungert euch noch mal zu Tode.«

Ich zucke mit den Schultern und lasse mir von ihm auf die Füße helfen.

»Willst du einen Schluck Wasser?«

Ich schüttele den Kopf. »Danke, nein. Ich muss sowieso zurück zu den anderen. Meine Familie ist noch in Halle 1 bei der Ausstellungseröffnung. Dort gibt es auch was zu trinken und zu essen.«

»Na gut. Dann geh ich mal weiter. Aber mach langsam, ja?«

»Versprochen!« Ich lächele ihm zu und endlich dreht er sich um und schlurft aus der Halle.

Ich starre auf das Foto, und obwohl ich es nicht will, schaue ich direkt auf das Mädchen mit der Rose, das mir noch immer in die Augen sieht und gleichzeitig mitten ins Herz.

Was würde ich tun? Was würde ich heute tun, wenn ich wüsste, dies wäre mein letzter Tag?

Ich weiß es nicht, flüstere ich. Und ich weiß auch, dass das nicht stimmt.

Und das Mädchen auf dem Foto weiß es auch.

Sie wird sterben, denke ich. Nur wenige Stunden, nachdem dieses Foto gemacht wurde, wird sie einen furchtbaren, nassen, eisigen Tod sterben, und ich sehe ihr ins Gesicht, sehe ihr verzweifeltes, trotziges Lächeln und kann nichts verhindern, kann nichts für sie tun, weil alle Dinge schon geschehen sind, wie sie offensichtlich geschehen sollten.

Mir fällt die Geschichte ein, die Phil mir erzählt hat. Die von dem Bildhauer, der seiner toten Geliebten ein Denkmal setzen wollte. Seinem Rosenengel. Seinem Rosenmädchen, ergänze ich in Gedanken.

Das Rauschen in meinen Ohren kommt zurück. Ich betrachte das fremde Mädchen mit dem Blumentopf in der Hand. Der Gedanke an den Rosenengel lässt mich nicht mehr los.

Ich schüttele den Kopf. Ich will nicht wieder und wieder ertrinken in Gedanken, erfrieren im eisigen Meer. Ich will nicht mehr Nacht für Nacht das Gefühl haben, mich selbst zu verlieren.

Diesmal schaffe ich es, das Rauschen in meinen Ohren zu ignorieren.

Ich hole mein Handy heraus und mache ein Foto von dem riesigen Bild. Dann mache ich noch ein Foto nur von dem Rosenmädchen. Dabei sehe ich ihn. Den jungen Mann, der so dicht hinter ihr steht, dass ich mich frage, warum er mir nicht schon vorher aufgefallen ist. Seine Hände ruhen auf ihren Schultern. So als ob er der Welt sagen wollte: Seht her, sie gehört zu mir!

Und sie? Will sie der Welt das Gleiche sagen? Warum umklammert sie dann so trotzig einen Topf mit einer blühenden Rose? Warum hält sie nicht die Hand ihres Geliebten? Warum halte ich nicht Leons Hand? Plötzlich muss ich an meinen Vater denken.

Er ist nicht gut darin, die richtigen Entscheidungen zu treffen, hat meine Mutter gesagt. Die richtigen Entscheidungen. Wir müssen Entscheidungen treffen. Immer wieder. Natürlich. Aber gibt es überhaupt ein Richtig oder Falsch? Oder gibt es einfach nur Konsequenzen, mit denen wir nach jeder Entscheidung leben müssen?

Wenn ich wüsste, dass ich morgen sterben muss, was würde ich tun? Die Frage lässt mir keine Ruhe mehr. Ich werfe dem Rosenmädchen einen letzten Blick zu. Hast du wirklich die richtige Entscheidung getroffen? Habe *ich* die richtige Entscheidung getroffen?

Das Mädchen, das längst nicht mehr existiert, starrt mich weiter an. Wer bist du? Eine Antwort bekomme ich nicht.

Ich verlasse die Halle, ohne mich noch einmal umzudrehen. Auf einmal habe ich es sehr eilig. Etwas zieht mich hier weg. Etwas in mir weiß genau, wo es hin will. Und ich folge diesem Sog.

Als ich endlich vor dem Friedhof stehe, renne ich los. Ich muss ihn finden. Ich muss ihm sagen, dass es mir leidtut. Ich muss ihm erzählen, dass ich den Rosenengel gefunden habe und dass ich weiß, wie die Geschichte ausgeht.

Und wie sie weitergeht, flüstert es in meinem Kopf. Und da – ganz plötzlich - hört das Frieren auf. Als wäre es nie dagewesen. Auf einmal kann ich wieder atmen. Warme Sommerluft strömt in meine Lungen, während ich zu meiner Lichtung laufe. Zu *unserer* Lichtung.

Ich lache. *Und wie sie weitergeht.* Das Lachen steigt in mir auf wie Perlen im Champagner. Ich wusste gar nicht, dass es noch da ist. Vor lauter Eis und Kälte und Angst und Dunkelheit habe ich das Lachen vollkommen vergessen. Aber jetzt perlt es durch meine Kehle, kribbelt mir in der Nase und tropft aus meinem Mund. Ich laufe durch den Park und denke an die vielen kleinen wunderbaren Momente zwischen Phil und mir. Mit einem Mal erscheint mir alles ganz einfach. Ich denke an seine Erzählungen, daran, wie behutsam er mit den Rosen umgegangen ist. Ich denke an unsere Gespräche über die alten Geschichten und Gemälde und an unsere Flucht vor dem Gewitter. Und ich denke an diese Vertrautheit zwischen uns. An das Gefühl, dass etwas ist, was schon immer so war. Und da weiß ich, es sind all diese vielen wunderbaren Kleinigkeiten, die Liebe so groß machen.

All die kleinen Momente, Augenblicke, Erlebnisse.

Zum ersten Mal seit Ruths Tod fühle ich mich wieder.

Als ich den Rosenengel sehe, möchte ich ihn am liebsten umarmen. *Er sieht dir ähnlich.* Ja, das tut er, stelle ich fest. Und der Gedanke erschreckt mich nicht einmal mehr.

Ich setze mich zu seinen Füßen ins Gras und warte. Wo bleibt nur Phil? Jetzt, wo ich meine Entscheidung getroffen habe, halte ich das Warten kaum noch aus.

Eine Viertelstunde später warte ich immer noch. Ich springe auf. Ich muss ihn suchen gehen. Wenn er nicht hier ist, bei seinen Rosen, dann wird er vielleicht im Schuppen sein.

Der Schuppen. Erst habe ich keine Ahnung, in welche Richtung ich laufen soll. Ist es wirklich erst einen Tag her, dass Phil und ich uns dorthin geflüchtet haben?

Mir kommt es vor, als wären seitdem hundert Jahre vergangen oder noch mehr. Ich schließe die Augen und lasse mich von meiner Erinnerung treiben. Weit sind wir nicht gelaufen, er muss irgendwo in der Nähe sein. Als ich um die Ecke biege, sehe ich, dass meine Erinnerung richtig war.

Mit jedem Schritt, den ich mich dem Schuppen nähere, klopft mein Herz lauter.

Was, wenn er mich nicht sehen will? Was soll ich ihm sagen, wenn er mich fortschickt? Ich habe ihn sehr verletzt, vielleicht habe ich bereits alles zerstört, was zwischen uns war.

Schon von Weitem sehe ich, dass die Tür zum Schuppen nur angelehnt ist. Ich bleibe stehen, um das warme Gefühl zu genießen, das mich beim Anblick der leicht geöffneten Tür durchströmt. Mit geschlossenen Augen krame ich in meinen Erinnerungen. Seine Lippen auf meinen Lippen, seine Hände auf meiner Haut. Ich atme tief durch, dann öffne ich die Augen und gehe weiter.

In einem Buche blätternd, fand
Ich eine Rose, welk, zerdrückt,
Und weiß auch nicht mehr, wessen Hand
Sie einst für mich gepflückt.

Ach, mehr und mehr im Abendhauch
Verweht Erinnerung; bald zerstiebt
Mein Erdenlos, dann weiß ich auch
Nicht mehr, wer mich geliebt.

(Nikolaus Lenau, 1802-1850)

Langsam schiebe ich die Tür auf und warte darauf,
dass meine Augen sich an das Dämmerlicht gewöhnen.
Mein Blick wandert zum Fenster, ich erwarte, Phil dort
sitzen zu sehen. Aber der Platz unter dem Fenster ist
leer. Auf den Scheiben die letzten Spuren des Gewitter-
regens. Streifen im Staub der Sommertage.

Er kann nicht weg sein. Er darf noch nicht weg sein.
Er hat doch vom Wochenende gesprochen. Panik breitet sich in mir aus.

Ich gehe in den Schuppen hinein, der mir heute gar
nicht mehr warm und gemütlich vorkommt, sondern
trocken, staubig, wie ein gewöhnlicher Schuppen eben.
Die Gartengeräte lehnen immer noch ordentlich an

der Wand. Die Schubkarre parkt in der Ecke. Im Regal liegen aufgereiht ein paar kleine Werkzeuge. Nur die Wolldecke, die Wolldecke ist weg.

Ich drehe mich zurück zur Tür und stelle fest, dass auch die Jacken verschwunden sind.

Die Angst in mir klopft wieder an. Es fällt mir schwer, ruhig zu bleiben, aber ich zwinge mich dazu. Nur weil er nicht hier ist und nicht bei den Gräbern, heißt das noch lange nicht, dass er ganz weg ist. Er wird irgendwo anders auf dem Friedhof sein. Schließlich arbeitet er hier. *Er hat nicht den ganzen Tag Zeit, nur auf dich zu warten, Anna.* So gut ich mir auch zurede, es nützt nichts. Was, wenn ich zu spät gekommen bin? Was, wenn ich meine Entscheidung zu spät getroffen habe?

Meine Kopfschmerzen werden wieder stärker, ich knete unablässig meine Finger, während ich überlege, was ich jetzt tun soll. Wohin soll ich mich wenden? Wen kann ich fragen? Wenn ich wenigstens seinen vollen Namen wüsste. Oder seine Adresse hätte.

Warum nur habe ich ihn nie danach gefragt?

Mir fallen die Bücher ein, die auf dem Tisch lagen, und erst jetzt sehe ich es: Der Tisch ist leer. Sämtliche Bücher und Notizblöcke sind verschwunden. Es liegen keine Stifte mehr auf dem Tisch, sogar das Windlicht ist nicht mehr da. Die Tischplatte ist von einer dünnen Staubschicht überzogen, auch in den Sonnenstrahlen tanzt der Staub, als wollte er sich über mich lustig machen.

Habe ich mir alles nur eingebildet? Hat es den Regennachmittag im Schuppen nie gegeben? Seine Haut auf meiner Haut. Sein Herzschlag im gleichen Takt mit meinem.

Ich verstehe es nicht. Ich verstehe einfach nicht, was passiert ist. In mir sind Trauer und Schmerz und Angst und gleichzeitig bin ich nur verwirrt.

Ich fühle, wie sich Schweißtropfen auf meiner Stirn bilden, und trotzdem wird mir so kalt wie nie zuvor. »Ich gehe nach England«, hatte Phil gesagt. Was, wenn er doch heute schon aufgebrochen ist? Was, wenn er überhaupt nicht mehr auf dem Friedhof arbeitet? Was, wenn hier niemand seine Adresse hat?

Das darf nicht sein, das kann nicht sein!

Tränen steigen mir in die Augen, laufen über mein Gesicht. Ich beiße mir auf die Hand, ich will nicht weinen. Es muss eine Möglichkeit geben herauszufinden, wo Phil steckt. Ich will nicht, dass das, was zwischen uns angefangen hat, jetzt schon wieder zu Ende ist.

Ich wische mit dem Ärmel über mein Gesicht. Verbiete mir zu heulen. Ich muss Phil finden. Nur das zählt.

Draußen vor dem Schuppen ist kein Mensch zu sehen. Ich laufe zurück zu unserer Lichtung, hoffe insgeheim, dass Phil inzwischen dort ist, aber schon von Weitem erkenne ich, dass meine Hoffnung vergebens war. Meine Augen brennen, so sehr wollen sie etwas sehen, das nicht da ist. Alles, was ich ausmachen kann, sind ein paar alte Gräber und in ihrer Mitte ein Engel aus Stein, seine Füße in der Gischt weißer Rosen.

Ich drehe mich um und laufe zurück zum Hauptweg. Die Friedhofsverwaltung. Irgendwo muss es doch eine Friedhofsverwaltung geben. Oder einen anderen Gärtner. Der Ohlsdorfer Friedhof ist so riesig, hier müssen doch massenweise Gärtner beschäftigt sein. Es wird jemanden geben, der eine Liste hat, der ihre Namen kennt.

Schwer atmend bleibe ich auf dem breiten Kiesweg stehen. Ich habe keine Ahnung, in welche Richtung ich jetzt laufen soll. Außerdem ist mir schlecht. Richtig übel.

Ich muss etwas trinken. Egal ob ich Durst habe oder nicht. Obwohl ich es dem Mann im Museum vorhin versprochen habe, habe ich heute noch keinen einzigen Schluck getrunken. Weiter hinten sehe ich eine der zahlreichen Wasserstellen. Auf einem Ständer leuchten mir grüne Gießkannen entgegen.

Ich halte meine Hände unter den Wasserstrahl und lasse mir kaltes Wasser übers Gesicht laufen. Dann trinke ich ein paar Schlucke.

Mein Herzschlag beruhigt sich ein wenig. Auch mein Magen hört auf zu rebellieren. Ich kühle noch meine Unterarme, dann drehe ich den Hahn wieder zu.

Und da sehe ich die Katze.

Sie sitzt nur wenige Meter von mir entfernt auf dem Boden und putzt sich. Es sieht aus, als würde sie auf mich warten. Ich trockne meine nassen Arme an der Jeans ab und gehe langsam zu ihr hinüber.

»Na du.«

Die Katze schaut auf, dann reckt sie sich und trottet davon.

»Kannst du mir sagen, wo er ist?«, frage ich leise. Ich wundere mich nicht mal darüber, dass ich mit einer Katze rede. Auch für sie scheint es völlig normal zu sein, dass ich schon wieder hinter ihr herlaufe. Wie beim ersten Mal bleibt sie in regelmäßigen Abständen stehen und dreht sich nach mir um, als wollte sie sich vergewissern, dass ich noch da bin.

»Zeig mir Phil«, flüstere ich und wir gehen weiter.

Unter einer Gruppe dünner Nadelbäume bleibt sie stehen. Ein Eichhörnchen huscht vorüber. Sie beachtet es nicht einmal. Erst als ich fast herangekommen bin, springt sie auf und jagt hinter ihm her.

»He, warte!« Enttäuscht sehe ich ihr nach.

Wie konnte ich nur so dumm sein anzunehmen, hinter den Streifzügen dieser Katze läge die Absicht, mir etwas zu zeigen? Ich ärgere mich über mich selbst. Darüber, dass ich tatsächlich geglaubt habe, eine Katze könnte mich zu Phil führen.

Die Tränen kommen wieder und diesmal kann ich sie nicht zurückhalten. Ich lasse sie einfach über mein Gesicht laufen, bis ich nichts mehr sehe.

Das Geräusch dringt erst nach einer Weile in mein Bewusstsein. Ich habe es schon die ganze Zeit gehört,

aber erst jetzt nehme ich es richtig wahr. Ein gleichmäßiges schabendes Kratzen. Irritiert schaue ich mich um.
Ein Gärtner, der zwischen den Bäumen arbeitet.

Mit einem Laubbesen kratzt er Tannenzapfen und
Nadeln zusammen. Es ist nicht Phil. Das erkenne ich
sofort. Es ist ein alter gebückter Mann. Aber es ist ein
Gärtner. Ein Kollege von Phil. Jemand, der ihn vielleicht kennt, jemand, der mir vielleicht sagen kann, wo
ich ihn finde.

Ich wische meine Tränen weg und gehe zu ihm.

»Guten Tag.« Es ist mir unangenehm, wie piepsig
meine Stimme klingt. Der Mann reagiert nicht einmal.
Er kratzt einfach weiter über den sandigen Boden.

Ich räuspere mich. »Hallo? Darf ich Sie etwas fragen?«
Jetzt endlich hört er auf zu fegen und schaut mich an.

»Ja? Bitte?«

»Ich suche jemanden.« Mein Herz klopft mir bis zum
Hals. »Er heißt Phil.«

Er überlegt einen Moment, dann schüttelt er den
Kopf. »Ohne Nachnamen kann ich dir nicht weiterhel-
fen. Welche Grabreihe soll das denn sein?«

»Nein. Oh nein.« Erschrocken schüttele ich den Kopf,
als ich seinen Irrtum bemerke. »Ich suche kein Grab.
Ich suche einen Lebenden. Einen Friedhofsgärtner. Er
heißt Phil.« *Bitte, bitte lass ihn wissen, von wem ich rede!*

»Kenne ich nicht.«

Die Enttäuschung trifft mich mit voller Wucht.

»Das kann nicht sein!«, protestiere ich lautstark.

Der fremde Gärtner zuckt zusammen.

»Ich meine nur«, stammele ich leiser, »das kann nicht sein, weil er doch hier gearbeitet hat. Gestern noch.«

Verständnislos starrt mich der Alte an.

»Phil ist hier auf diesem Friedhof Gärtner. Wie Sie«, füge ich hinzu, als ich sehe, wie er die Stirn runzelt. »Ich habe doch nur gehofft, Sie könnten mir sagen, wo ich ihn finde.«

Was, wenn es Phil gar nicht gibt? Was, wenn Phil nicht existiert? Nie existiert hat? Wenn das alles nur ein wirrer Traum war, ein Traum, einer Sehnsucht entsprungen, die sich nie erfüllen darf? Ich weiß nicht mehr, was ich glauben soll.

Ich bin mir aber sicher, dass ich mit ihm gesprochen habe. Seine Berührungen, die habe ich mir doch nicht nur eingebildet. Wer sonst sollte mir denn dann meinen Kalender zurückgebracht haben? Ich hatte ihn doch verloren? Oder habe ich auch das nur geträumt?

»Bitte. Kennen Sie ihn?«

Der alte Mann schüttelt bedauernd den Kopf und wendet sich wieder seiner Arbeit zu.

Ich fühle, wie die Enttäuschung sich in mir ausbreitet. Wie sie in mich zurückkriecht, als wollte sie sagen: Siehst du, hätte ich auch gleich hierbleiben können.

»Aber ... aber das kann nicht sein. Er hat doch die Rosen gepflanzt, drüben, bei den alten Gräbern ...«

Der Alte hat sich längst umgedreht und widmet sich wieder seiner Arbeit.

Ich möchte hinter ihm herlaufen, möchte ihn packen und schütteln, ihn anschreien, dass er mir endlich sagen soll, wo ich Phil finde.

Da sehe ich die Katze, die unter einem Baum sitzt und sich putzt. Ich habe mir das alles nicht nur eingebildet. Es kann nicht sein, dass alles nur ein Traum war. Ich straffe die Schultern. »Ich werde Phil finden«, murmele ich.

Wenn es ihn überhaupt gibt, kichert die Stimme in mir.

Ich nicke nur. Dann drehe ich mich um und gehe langsam zum Hauptweg zurück.

Meine Arme und Beine schmerzen. Ich kann kaum noch die Füße heben. Alles an mir ist mir plötzlich zu schwer. Viel zu schwer. Ich setze einen Fuß vor den anderen, ohne wirklich auf den Weg zu achten.

Als ich den Kopf hebe, sehe ich, dass ich zurück zur Lichtung gegangen bin. Der Rosenengel steht da und wartet auf mich. Traurig sehe ich ihn an. »Und jetzt? Kannst du mir sagen, was ich jetzt tun soll?«

Erst nach einer Weile wird mir bewusst, dass ich mit einer Statue rede. Fast erwarte ich, dass das Rosenmädchen zu mir hinuntersteigt. Dass wir uns zusammen ins Moos setzen und um unsere verlorene Liebe weinen, dass wir über unsere Gedanken reden und über Entscheidungen, die man treffen muss im Leben. Und über die Konsequenzen, denke ich. Vor allem über die Konsequenzen.

Als die Katze meine Beine berührt, sich an meinen Jeans reibt, schnurrt sie sanft. Ich gehe in die Hocke, um sie zu streicheln, aber natürlich läuft sie sofort wieder weg, schaut sich um, läuft weiter. Sie spielt immer wieder das gleiche Spiel.

Ich seufze. »Na gut. Zeig mir, was du gefunden hast.« Die hellen Birken ragen in den blauen Sommerhimmel, ein leichter Windstoß bewegt ihre Blätter und lässt sie tausendfach glänzen wie Gold. Sterntaler, denke ich. Vielleicht muss man wie im Märchen erst alles ablegen, sich ganz entblößen, Schicht für Schicht, sich entblättern, Haut für Haut, alles herschenken, bevor die Sterne vom Himmel regnen.

Die Katze, die schon längst meine Katze geworden ist, springt mit einem Satz über das Beet aus weißen Rosen und landet sicher auf dem Sockel zu Füßen des Engels. Ich lächele bei dem Gedanken an meine erste Begegnung mit dem Jungen, der seine Rosen so massiv verteidigte. Meine Katze würde niemals die Rosen zertrampeln.

An der Beeteinfassung bleibe ich stehen. Diesen Fehler werde ich kein zweites Mal machen, auch wenn ich mir nichts sehnlicher wünsche, als dass Phil sich auf mich stürzt, um seine Rosen zu bewachen.

Stattdessen beobachte ich die Katze, die sich erst ein wenig streckt, um sich dann auf einem sonnigen Fleck zusammenzurollen. Ich seufze. Warum nur falle ich immer wieder auf dich herein? Erst als sie den Kopf auf die Vorderpfoten legt, sehe ich, worauf sie ruhen: Auf dem Sockel liegt, halb verdeckt von einer dösenden schwarzen Katze, ein Buch.

Mein Herz fängt an zu rasen.

Ich schaue mich nach allen Seiten um, bevor ich doch wieder vorsichtig einen Fuß in das Rosenbeet setze. Zwei Schritte nur, dann kann ich das Buch greifen. Die Katze rührt sich kaum, als ich es behutsam unter ihr hervorziehe. Nur ihre Schwanzspitze schlägt sanft hin und her.

Ich erkenne das Buch sofort. Es ist eine Gedichtsammlung. Eine Rosengedichte-Sammlung. Ich drücke es an mich wie ein Geschenk, das der Himmel mir gemacht hat. Sterntaler. Jetzt doch?

Phil war hier. Phil existiert wirklich. Alles in mir ist in Aufruhr. Ich habe ihn mir nicht nur eingebildet. Die Treffen mit ihm, die Gespräche, das alles war real, kein Traum. Phil war hier und hat dieses Geschenk für mich zurückgelassen. Unvorsichtiger als beabsichtigt stolpere ich durch das Beet zurück auf den Rasen.

Hastig blättere ich das Büchlein durch, suche nach einer Nachricht von Phil, nach irgendetwas, das er mir sagen will. Vielleicht hat er ja wenigstens eine Adresse hinterlassen, eine Telefonnummer, irgendeinen Hinweis, wie ich ihn erreichen kann. Da fällt plötzlich ein Zettel aus dem Büchlein, wird von einem Windstoß erfasst und flattert vor mir her. Panisch jage ich ihm nach, fange das Stückchen Papier wieder ein, streiche es glatt und suche nach einer Botschaft von Phil. Aber da sind nur gedruckte Zahlen, keine handschriftliche Notiz, kein Gruß, nichts. Erst jetzt wird mir klar, dass der Zettel ein Lesezeichen gewesen sein könnte. Zu spät. Wenn es in diesem Buch eine Botschaft für mich gibt, werde ich sie jetzt selbst finden müssen.

Ein altes Buch in pergamentnem Band,
Jahrhunderte vielleicht nicht aufgeschlagen –
Weil fremd erklingt sein Wort aus fremdem Land,
Und alte Dichter Wenigen behagen –
Ein altes Buch fiel jüngst mir in die Hände,
Und wie ich träumend seine Blätter wende,
Und Moderstäubchen wirbelnd mich umfliegen,
Seh' staunend ich in seinem Schoß verdorrt,
Doch Lenzensduft noch hauchend fort und fort,
Verblichen, farblos eine Rose liegen.

(Friedrich Halm, 1806-1871)

Ich drücke das Buch an mich, atme seinen Geruch ein. Er hat an mich gedacht. Und es gibt ihn. Er war keine Illusion. Er ist nicht hier, aber er ist irgendwo, und wo auch immer er ist, ich werde ihn finden.

Plötzlich leuchten die Rosen wieder weiß, der Boden riecht nach frischem Moos, die Insekten summen, die Luft ist warm und streichelt meine Haut. Die Katze döst friedlich auf dem warmen Stein.

Ich nehme mein Buch, setze mich auf den bemoosten Boden, schlage es auf und lese. Ein Gedicht nach dem anderen lese ich, nichts als Rosengedichte. Jedes für sich wunderschön.

Dass meine Tränen dabei auf das Papier tropfen, stört mich nicht. Ich weine um so vieles. Ich weine um die Menschen, die hier begraben liegen, um ihre Träume und Wünsche, die sich im Leben vielleicht nicht erfüllten, ich weine um das Rosenmädchen, ich weine um Ruth und ich weine um Leon. Ich weine um das Ende unserer Beziehung, denn plötzlich weiß ich, dass ich sie beenden muss, ganz gleich ob ich Phil finde oder nicht.

Ich muss Leon sagen, dass ich ihn nicht liebe, dass es nie Liebe war, die ich für ihn empfunden habe. Dass es Mitgefühl war, Trauer vielleicht. Ich muss es ihm sagen. Das zumindest bin ich ihm schuldig.

Eine Zeit lang glaubte ich, Liebe könne wachsen, wenn man nur lange genug wartet, ja ich glaubte sogar, Liebe *müsse* erst wachsen.

Heute weiß ich, dass ich mich geirrt habe.

Seit ich Phil kenne, weiß ich, dass ich mich geirrt habe. Und auch Phil hat sich geirrt. Liebe ist nicht erst klein und wird dann groß. Liebe ist da oder eben nicht.

Selbst wenn Phil nicht da ist, ist sie da.

»Hast du das gewusst?«, frage ich den Rosenengel. »Hast du das gewusst, als du das Schiff bestiegen hast? Dass die Liebe immer da sein würde, egal, wohin du gehst? Dass man vor einem Menschen davonlaufen kann, aber nicht vor seinen Gefühlen? Hast du die richtige Entscheidung getroffen, Rosenmädchen? Habe ich die richtige Entscheidung getroffen?«

Ich betrachte die Katze, die auf dem Sockel zu Füßen des Engels liegt und schläft. Dann stehe ich langsam auf und verstaue das Buch in meinem Rucksack. Ich muss nach Hause. Wenn ich schon Phil nicht finde, muss ich wenigstens die anderen Dinge klären, die geklärt werden müssen.

Ich schaue auf mein Handy. Sofort meldet sich mein schlechtes Gewissen wieder. Das Display zeigt mir fünf Anrufe in Abwesenheit an. Meine Eltern. Erst jetzt fällt mir ein, dass ich das Telefon heute Morgen lautlos gestellt hatte. Ich hole tief Luft, dann wähle ich unsere Nummer.

»Ja, hallo?«

Mein Vater. Ausgerechnet.

»Hallo, Papa. Ich bin's. Anna.«

»Anna? Wo zur Hölle steckst du? Wir haben das ganze Museum nach dir abgesucht!«

Mein Vater spricht so laut, dass ich zusammenzucke. Dabei möchte ich doch so vieles sagen. Möchte ihm sagen, dass ich ihn lieb habe.

Ich setze zu einer Erklärung an, will erzählen, warum ich heute Hals über Kopf aus der Ausstellung verschwunden bin, aber mein Vater lässt mich überhaupt nicht zu Wort kommen.

»Wir warten seit einer Stunde mit dem Abendessen auf dich. Kannst du nicht ein einziges Mal pünktlich sein?«

»Was?«

»Ich habe gefragt, ob du nicht ein einziges Mal pünktlich sein kannst?« Er schreit jetzt in den Hörer.

Wo kommt der Satz auf einmal her?

Er hängt in der Luft und plötzlich ist die Luft nicht mehr lau, sondern glühend heiß. Plötzlich ist es um mich herum so hell, dass alles in einem einzigen grellen Weiß zu versinken droht.

Es ist still. Kein Geräusch ist mehr zu hören. Kein Geräusch außer meinem eigenen verzweifelten Keuchen. Tränen laufen mir über das Gesicht, aber ich zittere viel zu sehr, um sie abwischen zu können. *Hätte ich nicht den Bus verpasst ...* Ich schnappe nach Luft. Da ist sie wieder, die Hand, die nach meinem Herz greift. *Warte. Ich hol dich.* Da ist wieder das Bild, das mich nicht loslässt. Ruth in ihrem offenen Sarg. Ruth, so schlecht geschminkt, dass sie entsetzt gewesen wäre.

»Papa ...« Mehr bringe ich nicht heraus. Dann drücke ich das Gespräch weg. *Kannst du nicht ein einziges Mal pünktlich sein?*

Ich sehe Nico mit Lynn. Nico, in den ich so schrecklich verliebt war und der mich so eiskalt absolviert hat. *Du kannst vor dem Leben nicht davonlaufen.* Phil. Und dann wieder die Erinnerung an diese Nacht. *Kannst du nicht ein einziges Mal pünktlich sein.* Mein Vater.

Die Erkenntnis trifft mich mit solcher Wucht, dass ich fast in ein parkendes Auto hineinlaufe. Es war nicht Ruths Stimme. Die Stimme, die mich seit einem Jahr verfolgt, gehört meinem Vater. *Ich hol dich.* Ich habe mit meinem Vater telefoniert. Er wollte mich holen. Nicht Ruth.

Ich atme schneller, flacher. Aber Ruth ist dann gefahren. Ich möchte schreien. Ich habe gar nicht mit Ruth telefoniert! Es waren nicht ihre letzten Worte, die mich seit einem Jahr Nacht für Nacht aus dem Schlaf reißen. Warum wollte mein Vater mich holen und warum musste Ruth sterben? Meine Zähne fangen wieder an zu klappern. Ich beiße sie zusammen, aber ich kann es nicht kontrollieren. *Dein Vater ist nicht gut darin, die richtigen Entscheidungen zu treffen.* Mama.

Papa wollte mich holen. Und dann hat er eine andere Entscheidung getroffen. Eine Entscheidung, die Ruth das Leben gekostet hat. Warum? Was war zwischen dem Telefonat und Ruths Unfall geschehen?

Als ich vor der Tür zu unserem Esszimmer stehe, habe ich keine Ahnung mehr, wie ich überhaupt nach Hause gekommen bin. Ich horche auf die Geräusche von drinnen. Geschirr klappert. Gläser klirren leise. Gesprochen wird nicht. Plötzlich will ich nicht mehr dort hinein. In dieses Schweigen. Mein Vater wollte mich holen und Ruth musste sterben. Ich habe keine Ahnung, wie ich ihm jetzt begegnen soll.

Ich lege die Hand auf die Klinke.

»Kann ich bitte das Salz haben?«

Leon. Meine Hand zuckt zurück. Leon ist auch da. Damit habe ich nicht gerechnet. Warum nicht? *Leon ist auch Teil dieses Schweigens geworden, das hast du doch gewusst.*

Ich drehe mich um und laufe zurück in den Flur. Vor dem großen Spiegel bleibe ich stehen. Starre hinein. Ich sehe meine kurzen Haare, sehe Ruths kurze Haare, ich sehe meine Augen, sehe Ruths Augen, ich sehe das Rosenmädchen, sehe seinen trotzigen Blick, seinen Blick, der sagt: Ihr könnt mir alles nehmen, aber nicht meine Liebe, die nicht. Ich sehe Phil und weiß, dass das Rosenmädchen recht hat. Mir fällt ein Spruch ein, den ich irgendwo gelesen habe. Ich weiß nicht mehr, wo und von wem er ist, aber er passt.

Wir können das Geschehene nicht ungeschehen machen, aber wir können entscheiden, was es aus uns macht.

Und da begreife ich.

Ich kann nichts ungeschehen machen. Aber ich kann aufhören, mich selbst zu verlieren. Phil hat es mir gezeigt, ich bin noch da. Irgendwo da drin. Phil hat in mir nicht ein Spiegelbild meiner toten Schwester gesehen. Phil hat mich gesehen.

Irgendwo in diesem eisigen Meer aus Schweigen und Anklagen habe ich mich verloren, bin mir abhandengekommen, und ich muss hineintauchen, mitten hinein, wenn ich mich wiederfinden will. Ich werfe dem Rosenmädchen im Spiegel einen letzten Blick zu. Und verspreche ihm, dass ich uns finden werde.

Ich atme tief durch und öffne die Tür zum Esszimmer. Das Schweigen, das mir entgegenschlägt, fühlt sich an wie eine einzige vorwurfsvolle Anklage. *Kannst du nicht einmal pünktlich sein?*

Ich bleibe stehen, schaue meine Eltern an, sehe Leon, sehe in seinen Augen, dass er längst weiß, was ich ihm sagen muss, sehe meine Mutter, die es nicht aushält, meinen Blick zu erwidern. Das Wasser kommt zurück, steigt langsam, Eiswasser, umspült alles, lähmt alles, nimmt uns die Luft. Ich sehe meinen Vater, und dann erkenne ich, dass er es auch sieht, das Wasser. Dass er es auch fühlt so wie ich. Er öffnet den Mund, als ob er etwas sagen will, schließt ihn wieder, sagt nichts, steht langsam auf, das Wasser steigt, lähmt Arme und Beine, ich höre die Rufe, Schreie, sehe das Rosenmädchen, dann nur noch eine weiße Rose, die einsam im Meer treibt.

Für das Rosenmädchen kam jede Erkenntnis zu spät. Ihr konnte niemand mehr helfen. Aber ich bin noch da. Ich bin noch am Leben. Ich habe mich nur verloren in meiner verzweifelten Trauer um Ruth und in dem Versuch, sie allen zu ersetzen. Tauchen, Anna, du musst tauchen, wenn du dich finden willst. Ich springe, lasse mich fallen, das Eiswasser schlägt über mir zusammen, ich schnappe nach Luft.

Dann drehe ich mich um und renne in mein Zimmer. Ich werfe die Tür hinter mir zu und drehe den Schlüssel um. Ich will niemanden mehr hören und sehen, ich ertrage es nicht mehr, die Erwartungen in den Augen meiner Mutter, die Sehnsucht in Leons Blick und die

Vorwürfe im Gesicht meines Vaters. Nichts von dem will ich mehr aushalten müssen. Ich werfe mich auf mein Bett und würde am liebsten auf der Stelle einschlafen und von Rosen und Engeln träumen und von Phil.

Es klopft an meine Tür. Erst zaghaft, dann lauter. Die Kopfschmerzen kommen zurück, hinter meiner Schläfe pocht und hämmert es, das Eiswasser kommt sickert unter der Tür durch, es findet immer einen Weg.

»Anna, mach die Tür auf, ich muss mit dir reden!«

Die Stimme meines Vaters. *Bleib, wo du bist. Ich hol dich!*

Ich kann mich nicht bewegen. Ich will die Tür nicht öffnen.

»Anna, mach auf. Bitte.« Papas Stimme klingt jetzt fast flehend. Noch nie habe ich ihn so gehört.

Langsam schäle ich mich aus meiner Bettdecke und stehe auf. Wie in Zeitlupe gehe ich zur Tür. Dann drehe ich den Schlüssel um, schließe auf. Sofort drückt mein Vater die Klinke herunter und betritt mein Zimmer. Ich weiche zwei Schritte zurück. Mir geht das zu schnell, viel zu schnell. Ich komme aus dem Takt. So kann ich nicht schwimmen. So kann ich nur hilflos im Wasser um mich schlagen.

»Anna!«

»Papa.«

Einen kurzen Augenblick nur zögert er, ist verwirrt, aber dann begreift er.

Begreift, dass wir beide im selben Meer gefangen sind, dass wir loslassen müssen, wenn wir nicht beide ertrinken wollen. Dass wir schwimmen müssen, um uns zu retten.

»Papa.« Noch einmal. Nur geflüstert.

»Anna.«

Das Meer in mir bricht auf, das Eis schmilzt, ich sehe seine Arme, weit geöffnet, falle hinein, werde gehalten. Ich rieche seinen Duft, sein Rasierwasser, es ist immer noch das gleiche, denke ich, schmiege mich an seinen Hals, fühle seine Hand in meinem Haar, seinen Arm, der mich an sich zieht.

»Anna.« Wieder. Leise nur.

Er zittert. Ich schaue zu ihm auf und sehe mich in seinen Augen. Und da weiß ich, dass ich mich wieder-gefunden habe. Dass ich nicht länger Ruth sein muss, dass wir losgelassen haben, dass wir Ruth losgelassen haben, er und ich, und dass ich Anna sein darf.

Er zieht mich in seine Arme, dann setzen wir uns auf das Bett und endlich kann ich weinen. Kann all die Tränen weinen, die seit Ruths Tod geweint werden wollten. Und ich weine nicht mehr um Ruth, sondern endlich weine ich um mich, um Anna, die sich wieder-gefunden hat.

Wir sitzen lange so da, Papa und ich, stumm, schwei-gend, Arm in Arm. Irgendwann halte ich es nicht mehr aus, ich muss ihn fragen.

»Warum?« Ganz leise ist meine Stimme.

Vielleicht hat er meine Frage gar nicht gehört, denke ich, vielleicht wäre das nicht mal das Verkehrteste, dann würde ich nie wieder fragen und alles wäre gut.

Aber mein Vater hat mich verstanden. Ich sehe es an der Art, wie er den Kopf schieflegt und nachdenkt, bevor er mir eine Antwort gibt.

»Ich wollte dich holen. Das musst du mir glauben. Ich war sauer, ja, weil ich noch mal raussollte und keine Lust dazu hatte. Ich war müde. Der Tag war anstrengend. Und du hattest versprochen, den Bus zu nehmen. Ich war genervt, weil du ihn verpasst hattest. Aber natürlich wollte ich dich holen.«

»Es war wegen Nico.«

Mein Vater sieht mich fragend an. Und dann erzähle ich ihm von dem Abend, von Nico und Lynn und davon, wie verletzt ich gewesen bin. Zum ersten Mal seit Ruths Tod spreche ich darüber, warum ich eigentlich den Bus verpasst hatte, und mein Vater hält mich im Arm und hört mir einfach zu.

»Dieser Nico ... hast du ... ich meine, seid ihr ...?«
Ich schüttele den Kopf.

»Wir haben keinen Kontakt mehr. Das ist vorbei. Und dann ...«, ich schlucke, »dann ist da ja noch Leon.«

Mein Vater antwortet nicht sofort. Aber an der Art, wie er mich anschaut, sehe ich, dass er mir am liebsten widersprechen möchte, aber ich komme ihm zuvor.

»Warum Ruth? Warum ist Ruth gefahren?«
Er sieht mich traurig an.

»Eigentlich war es nur ein Zufall. Sie kam dazu, als ich mit dir telefonierte, und sie hörte, dass ich verärgert war. Du weißt doch, wie stolz sie auf ihren Führerschein war. Sie bot mir sofort an, selbst zu fahren. Und ich ...«, er schluckt, räuspert sich, bevor er weiterspricht, »ich war froh, nicht noch mal aus dem Haus zu müssen.«

Ich greife nach seiner Hand.

»Als dann die Polizei kam und uns erklärte, was passiert war ... seit diesem Moment, jeden Tag, jede Stunde, jede Minute mache ich mir Vorwürfe, dass ich nicht selbst gefahren bin.«

Jetzt laufen auch ihm Tränen über das Gesicht.

Ich sehe meinen Vater an.

»Und darum hasst du mich so sehr? Weil Ruth wegen mir gefahren ist?«

»Aber ich hasse dich doch nicht!« Betroffen sieht Papa mich an. »Wie kommst du darauf, dass ich dich hasse? Wenn man überhaupt von Hass sprechen kann, dann hasse ich meine eigene Fehlentscheidung.«

»Du hast seit Ruths Tod kaum noch mit mir gesprochen«, antworte ich leise.

»Du bist mir dauernd aus dem Weg gegangen.«

»Ich dachte, dass du mich nicht sehen wolltest. Weil ich dich immer wieder an Ruth erinnere. Und daran, dass sie ohne mich noch leben würde ...«

Mein Vater schüttelt traurig den Kopf.

»Ruth fehlt mir. Ja. Und in den ersten Tagen nach ihrem Tod stand ich unter Schock. Aber dann ... Ich liebe dich, Anna, aber du hast angefangen, dich zu verändern. Anna gab es plötzlich nicht mehr. Es war, als ob ich nicht nur Ruth, sondern auch dich verloren hätte. Ich hatte in einer einzigen Nacht beide Töchter verloren. Und als dann du und Leon ... Leon ist ein feiner Kerl, versteh mich nicht falsch, er war der perfekte Mann für deine Schwester, aber als du plötzlich an seiner Seite warst, Anna ... Du bist immer mehr geworden wie Ruth, und jeden Tag hast du mir mehr den Spiegel vorgehalten, jeden Tag hast du mich auf diese Weise daran erinnert, dass Ruth noch leben könnte, wenn *ich* in das Auto gestiegen wäre. Ich habe versucht, dir aus dem Weg zu gehen, weil ich der Erinnerung an Ruth aus dem Weg gehen wollte.«

Betroffen schaue ich meinen Vater an. Während ich geglaubt habe, er könne mich nur lieben, wenn ich Ruth immer ähnlicher werde, ist mein Vater vor mir davongelaufen, *weil* ich Ruth immer ähnlicher wurde. Was für ein grausames Spiel haben wir da beide gespielt?

»Leon ... Ich liebe ihn nicht.«

Mein Vater nickt.

»Ich weiß das. Und ich glaube, Leon weiß das auch. Aber du solltest es ihm trotzdem sagen.«

An dem schroffen Felsenhang
Steht die letzte Rose,
Und wir gehn das Tal entlang
Auf dem grünen Moose.

Flink hinauf und rasch gepflückt,
Um sie ihr als Zeichen,
Wie sie mir das Leben schmückt,
Still zu überreichen.

(Christian Friedrich Hebbel, 1813-1863)

Als ich aufwache, ist es schon hell in meinem Zimmer. Ich bleibe ganz still liegen. Ich warte, aber nichts passiert. Keine Wände mehr, die sich zusammenschieben, kein Eiswasser mehr, das über mir zusammenschlägt. Ich habe geschlafen. Tief und fest und vollkommen traumlos. Ich kann mich gar nicht mehr erinnern, wann mir das zum letzten Mal gelungen ist.

An meiner Zimmerdecke malen die Sonnenstrahlen fröhliche Muster und ich sehe ihnen dabei zu. Ich weiß kaum noch, wie ich gestern Abend ins Bett gekommen bin.

Mein Vater und ich, wir standen lange da und haben uns einfach umarmt. Irgendwann kam meine Mutter dazu, zögernd erst, aber als mein Vater eine Hand ausstreckte, ließ sie sich zu uns ziehen. So hielten wir uns eine ganze Weile zu dritt, und es fühlte sich gut an, richtig, bis mir Leon einfiel.

Als ich mich umdrehte, erblickte ich ihn in der offenen Zimmertür. Er tat mir leid. Er wirkte verloren, unglücklich. Er wusste, dass etwas vorbei ist, das sah ich ihm an. Und ich nahm mir vor, ihm das Märchen von Sterntaler zu erzählen. Ihm zu sagen, dass man seinen Ballast erst abwerfen muss, wenn man das Leben mit offenen Armen empfangen will.

Leon räusperte sich und machte einen Schritt rückwärts.

»Ich geh dann mal besser.«

Ich schluckte, wollte etwas sagen, aber mein Vater drückte meine Hand und kam mir zuvor.

»Warte. Ich bring dich zur Tür.«

Leon nickte nur und warf mir einen fragenden Blick zu. Ich schüttelte stumm den Kopf. Es gab nichts zu sagen. Nicht jetzt. Sicher würden wir über all das reden müssen. Aber jetzt ging es nur darum, das rettende Ufer unter den Füßen zu erreichen. Ich sah, dass mein Vater dasselbe dachte. Auch er hatte das erkannt.

Ich drehe meinen Kopf zur Seite und sehe meinen Rucksack, der auf dem Boden liegt. Ich ziehe ihn zu mir aufs Bett.

Als ich die Zeichenmappe herausziehe und mein Blick auf den Rosenengel fällt, zieht sich etwas in mir schmerzlich zusammen. Ich muss an das denken, was mein Vater mir gestern erzählt hat. Meine Erinnerung, die mich so lange im Stich gelassen hatte, war richtig. Es war mein Vater, der am Telefon war, als ich von der Party aus zu Hause anrief.

Als Ruth ihm anbot, den Taxidienst für mich zu übernehmen, gab es wohl noch einen kleinen Streit zwischen meinen Eltern. Eigentlich nichts Ernstes, wie mir beide glaubhaft versicherten, nur eine kleine Auseinandersetzung darüber, dass meine Mutter fand, mein Vater sollte selbst fahren, er Ruths Angebot jedoch dankbar annahm. Eine halbe Stunde später war sie tot.

Mein Vater ist an seinen Schuldgefühlen fast zerbrochen. Und niemand versteht das besser als ich.

Nur begriff ich es erst letzte Nacht.

Außer meiner Mutter wusste niemand davon, dass eigentlich mein Vater in diesem Auto sitzen sollte.

Selbst Leon haben sie es nicht erzählt, und ich habe beschlossen, das auch nicht zu tun. Es würde nichts ändern. Es würde für Leon nichts ändern. Und es würde auch Ruth nicht zurückholen.

Die Schuld, die mein Vater sich gibt, nimmt mir nichts von meiner eigenen. Denn es ändert nichts daran, dass ich den Bus verpasst habe.

Du kannst vor dem Leben nicht davonlaufen. Auch wenn der Gedanke an Phil mir wehtut, muss ich lächeln. Ich habe meinen Eltern noch nicht von Phil erzählt, und ich weiß auch noch nicht, ob ich es tun werde. Mir kommt auf einmal alles so unwirklich vor, so weit weg. Wie eine Geschichte aus einer anderen Zeit. *Es ist eine Geschichte aus einer anderen Zeit, Anna.*

Wäre da nicht die Zeichnung eines Engels in meinem Skizzenblock, ich würde glauben, dass ich alles nur geträumt habe.

Ich hole die Ledermappe mit den Stiften aus dem Rucksack und fange an zu zeichnen. Dabei denke ich an den jungen Mann, der dieses Mädchen so sehr liebte, dass er ihm ein Denkmal gesetzt hat. Ich frage mich, ob das Mädchen und der junge Bildhauer glücklich geworden wären. Während ich zeichne, begreife ich, dass es auf diese Frage keine Antwort gibt.

Etwas stört die Stille in diesem Raum. Für einen Moment weiß ich nicht, was die Geräusche bedeuten. Ich höre ein Klappern, ein Schaben, als ob etwas über den Fußboden geschoben wird, dann ist es wieder still.

Dann höre ich plötzlich Musik und mein Herz schlägt mir bis zum Hals. Es ist Ruths Lieblingssong und die Musik kommt aus ihrem Zimmer.

Ich lege den Block beiseite, schlüpfe in meine Jeans und ziehe ein frisches T-Shirt an. Ich öffne die Tür und lausche. Kein Zweifel, in Ruths Zimmer läuft ihre Lieblingsband! Kurz glaube ich, nur zu träumen, aber dann sehe ich, dass ihre Zimmertür nicht verschlossen ist. Jemand ist dort drin.

Ich laufe über den Flur, gehe langsam näher, vor ihrer Tür bleibe ich stehen, habe einen Moment Angst, was mich dahinter erwartet. Du wirst es nur herausfinden, wenn du die Tür aufmachst.

Ich nehme meinen ganzen Mut zusammen und schiebe die Zimmertür auf. Was ich sehe, verschlägt mir kurz die Sprache. Mitten auf dem Fußboden kniet meine Mutter zwischen offenen Kisten und zwei Müllsäcken und sortiert Kleidungsstücke. Aus den Lautsprechern tönt Musik.

Ohne ein Wort zu sagen, gehe ich durch den Raum und setze mich vorsichtig auf Ruths Bett.

Meine Mutter schaut hoch, wischt sich mit dem Arm über die Stirn.

»Ich dachte, es wird Zeit, hier mal Ordnung zu machen«, sagt sie.

Ich sehe sie an, sehe die Tränen in ihren Augen, aber ich sehe auch, dass sie lächelt. Ich schlucke den Kloß, den ich in meinem Hals spüre, hinunter und nicke.

»Kann ich dir helfen?«

Dann knie ich mich zu ihr auf den Boden und gemeinsam packen wir Ruths Leben in riesige Kisten.

Nachdem wir Ruths Kleider sortiert haben, machen wir uns an die anderen Dinge. Bücher, Spiele, CDs. Das meiste packen wir ein. Ab und zu lege ich ein Teil zur Seite, um es als Erinnerung aufzuheben.

»Schau mal, das wäre doch was für Freitag!«

Mama hält einen Seidenschal hoch, von dem ich weiß, dass Ruth ihn besonders geliebt hat.

»Freitag?« Ich verstehe nicht sofort.

»Die Party. Du hast gesagt, du gehst am Freitag auf eine Party.«

Die Party. Jans Geburtstag. Den habe ich total vergessen. Ich wundere mich kurz, dass meine Mutter an ihn gedacht hat. Und dann fällt mir ein, dass ich ja sogar Leon gefragt habe, ob er mich begleiten will.

Ich springe auf. Sammele die Dinge zusammen, die ich mir bereits ausgesucht habe, und greife auch nach dem Schal.

»Die hatte ich ja komplett vergessen. Danke fürs Erinnern! Ich muss noch ein Geschenk besorgen.«

Ich drücke meiner Mutter einen Kuss auf die Stirn und sehe ihr an, dass sie in diesem Augenblick dasselbe denkt wie ich: Es ist eine halbe Ewigkeit her, dass ich sie das letzte Mal geküsst habe.

Dann verschwinde ich mit den Sachen in meinem Zimmer, lasse alles aufs Bett fallen und wähle Leons Nummer.

»Leon? Anna hier. Kann ich kurz vorbeikommen?«

Plötzlich weiß ich gar nicht mehr, was ich ihm eigentlich sagen will. Aber aufgeben gilt jetzt auch nicht. Ich habe gestern wieder angefangen, meinen eigenen Weg zu gehen. Ich bin vielleicht noch ein bisschen wackelig auf den Beinen, aber es ist mein Weg.

Als Leon die Tür öffnet, fühlt es sich für einen Moment sehr vertraut an. Aber der Moment ist schnell verflogen und dann ist auf einmal alles ganz anders.

Ich bin im letzten Jahr so oft durch diese Tür gegangen. So oft war ich hier und jedes Mal war ich nicht Anna, sondern eine Kopie von Ruth.

Heute bin ich zum ersten Mal als Anna hier. Und ich sehe Leon mit Annas Augen. Ich sehe einen traurigen jungen Mann, der seine Freundin verloren hat. Ich sehe einen Mann, der Mathematik und Physik mag und mit dem ich nichts gemeinsam habe, gar nichts, außer der Liebe zu einem toten Mädchen.

»Es ist aus, oder?«

Ich wundere mich, dass er fragt. Wir wissen es doch beide, er und ich. Ich versuche herauszufinden, ob in seiner Frage noch Hoffnung mitschwingt, das würde alles so viel schwerer machen, aber es ist nicht so.

»Ja.« Ich nicke. »Es funktioniert nicht, Leon. Ich bin nicht Ruth.«

Leon schüttelt den Kopf. »Eine Zeitlang dachte ich, es könnte gehen.« Er spricht so leise, dass ich ihn kaum verstehe. »Nein, eigentlich denke ich immer noch, du und ich, wir könnten es zusammen schaffen. Ich meine, auch wenn du mich vielleicht nicht liebst, aber wir kommen doch gut miteinander aus und Liebe kann ja auch noch wachsen und ...«

Diesmal schüttele ich den Kopf. Es zerreißt mich, ihn so leiden zu sehen. Dabei habe ich für eine Weile ja sogar dasselbe gedacht.

»Es tut mir leid. Ich kann dir Ruth nicht ersetzen. Ich bin ganz anders als sie. Ich bin nicht sie.«

Und du bist nicht Phil, denke ich, aber sagen kann ich das nicht.

Wir stehen immer noch in der offenen Tür. Ich könnte hineingehen, so wie ich schon oft hineingegangen bin, aber heute habe ich kein Recht mehr dazu. Also bleibe ich im Türrahmen stehen und schaue ihn an.

»Was wirst du jetzt machen?«, will Leon wissen.

Ich muss lächeln, als er diese Frage stellt. Mir ist klar, dass es für ihn, den Mathematiker und Physiker, völlig undenkbar ist, dass ich keinen konkreten Plan habe. Aber ich habe keinen. Gar keinen.

Ich will mein Abitur machen, das weiß ich. Und danach würde ich gerne Kunst studieren. Viel mehr weiß ich noch nicht. Vielleicht kann ich eine Reise nach England machen, überlege ich. Dann könnte ich dort Phil suchen in einem der zahlreichen englischen Gärten. Vielleicht kann ich ihn finden. So viele Vielleichts.

Zu Leon sage ich: »Ich weiß es noch nicht. Weiter zur Schule gehen, nehme ich an.«

Er nickt wieder. Sagt nichts. Schaut mich nur an. Dann hebt er die Hand, streicht mir ein paar Haare aus der Stirn.

»Danke für alles, Anna.«

Ich schlucke. Sprechen kann ich nicht mehr. Nur stumm nicken. Und plötzlich schlinge ich meine Arme um ihn und er legt seine Arme um mich und für einen kurzen Moment halten wir uns fest, ich spüre seine Tränen, fühle sein Beben, aber dann ist es auch schon wieder vorbei, wir lösen uns voneinander, ich schaue ihn an, lächele und wundere mich gleichzeitig darüber, dass ich lächeln kann.

»Mach's gut, Leon.« Ich berühre noch einmal kurz seinen Arm, dann drehe ich mich um und laufe zurück zu meinem Rad.

Ich sehe dich, Rose, halbgeöffnetes Buch,
es enthält Seiten genug,
das Glück zu beschreiben,
und niemand wird sie entziffern. Zauber-Buch
öffnet sich dem Wind und dem, der es versucht
mit geschlossenen Augen zu lesen ...
und Schmetterlingen, die verwirrt entgleiten,
weil sie schon Gedanken mit ihm teilten.

(Rainer Maria Rilke, 1875-1926)

Bestimmt zum zehnten Mal heute ziehe ich Phils Büchlein unter dem Kopfkissen hervor. Es ist, als könnte ich beim Lesen der Gedichte ein bisschen von dem Zauber einfangen, den Phil in mir ausgelöst hat.

Ich habe gehofft, er würde sich melden. Mir irgendwie ein Zeichen geben. Mich anrufen. Vorbeikommen. Ich will immer noch nicht glauben, dass er tatsächlich abgereist, dass er spurlos verschwunden ist. Welchen Sinn hat es, mir die Gedichte zu hinterlassen, wenn ich keinen Kontakt zu ihm aufnehmen kann?

Das Klingeln meines Handys reißt mich aus meinen Überlegungen.

Ich muss das Handy erst in sämtlichen Hosentaschen suchen, finde es dann auf meinem Schreibtisch und bin völlig außer Atem, als ich das Gespräch endlich annehme. »Ja, Anna hier! - Ach Franka, du bist es.« Ich lasse mich auf meinen Schreibtischstuhl fallen und versuche verzweifelt, nicht so enttäuscht zu klingen, wie ich bin, aber ich fürchte, es gelingt mir nicht. »Nein, alles in Ordnung. – Ja, natürlich komme ich. Bin schon fast auf dem Weg. Bis später!«

Erst als ich aufgelegt habe, fällt mir ein, dass ich immer noch kein Geschenk für Jan habe. Eigentlich müsste ich mich längst für seine Geburtstagsparty fertig machen. Obwohl Leon jetzt nicht mehr mitkommt, habe ich mir vorgenommen, hinzugehen. Schließlich habe ich es Franka versprochen. Trotzdem drücke ich mich jetzt seit zwei Stunden davor, mich umzuziehen. Soll ich wirklich auf diese Party gehen? Seit fast einem Jahr habe ich jede Einladung abgelehnt. Ich weiß nicht einmal wirklich, wer überhaupt dorthin kommen wird. Von Franka und Jan natürlich abgesehen.

Sei nicht so feige, Anna.

Zwei Seiten noch, dann gehe ich unter die Dusche und ziehe mich um, setze ich mir selbst ein Ultimatum und verliere mich wieder in den Gedichten.

Zauber-Buch öffnet sich dem Wind und dem, der es versucht, mit geschlossenen Augen zu lesen ...

Die Rosengedichte von Rilke gefallen mir besonders gut. *Mit geschlossenen Augen lesen ...*

Ich schließe kurz die Augen und sehe Phil vor mir, wie er zwischen den Gräbern kniet. Ich wünschte, ich könnte dieses Buch wirklich mit geschlossenen Augen lesen und so zu einem Zauberbuch machen.

... öffnet sich dem Wind ...

Ich muss an den Windstoß denken, der den Zettel aus dem Buch vor mir hergetrieben hat.

Als ich aufspringe, fällt mein Stuhl krachend nach hinten um. Der Zettel. Wo habe ich den Zettel hingepackt?

Wieder durchwühle ich sämtliche Taschen meiner Jeans. Hatte ich diese Jeans gestern überhaupt an? Was hatte ich an? Welche Jacke? In welcher Tasche könnte der Zettel sein? In dem Buch liegt er nicht mehr. Ich hatte ihn eingefangen und ... Wo habe ich den Zettel hingesteckt?

Verzweifelt versuche ich, meiner Erinnerung auf die Sprünge zu helfen. Der Rucksack. Mein Rucksack, den ich immer mit mir rumschleppe. Ich hatte ihn auch gestern dabei. Ich ziehe den Rucksack unter dem Bett hervor und kippe den Inhalt auf den Fußboden. Da ist er ja, der Zettel! Fast hätte ich ihn übersehen.

Mein Herz schlägt höher. Ich starre auf die Zahlen und plötzlich habe ich eine Eingebung.

Flugdaten.

Abflugzeit, Flugnummer.

Warum habe ich das gestern nicht erkannt?

Die Zahlen verschwimmen vor meinen Augen. Ich werfe einen Blick auf mein Handy. In genau fünfundvierzig Minuten geht Phils Flieger nach England. Ich stopfe die Gedichte und den Zettel in meinen Rucksack und stürme aus meinem Zimmer. Es gibt nur eine Möglichkeit, rechtzeitig am Flughafen zu sein.

»Anna? Ist etwas passiert?« Meine Mutter kommt aus der Küche.

»Ich brauche ein Taxi. Schnell! Kannst du mir die Nummer sagen?«

»Ich fahre dich!« Plötzlich steht mein Vater hinter mir.

Meine Mutter will etwas erwidern, aber Papa hat schon nach dem Schlüssel gegriffen.

»Na komm, du hast es doch eilig.«

Ich stolpere hinter meinem Vater her. Die Gedanken in meinem Kopf überschlagen sich. Seit einem Jahr ist er kein Auto mehr gefahren. Papa hält mir die Tür auf.

»Wohin soll's gehen?«

»Fuhlsbüttel. Zum Flughafen!« Ich lasse mich auf den Beifahrersitz fallen. »Bitte beeil dich!«

Papa nickt und fährt los. Muss ausgerechnet heute jede Ampel auf Rot umschalten, wenn wir kommen?

»Geht's nicht ein bisschen schneller?« Am liebsten würde ich aussteigen und zu Fuß laufen.

»Leider nein. Aber ich denke, wir werden den jungen Mann noch rechtzeitig erreichen.« Die Ampel springt auf Grün und Papa fährt wieder an. »Wie heißt er überhaupt?«

»Phil. Er heißt Phil.« Die ganze Zeit drehe ich das Büchlein mit den Gedichten in den Händen, flüstere

Phils Namen wie ein Mantra, wie ein Gebet, das hoffentlich jemand erhört.

Als wir endlich vor dem Flughafen anhalten, springe ich sofort aus dem Auto.

»Lauf! Ich suche so lange in Ruhe einen Parkplatz!«

Ich bin meinem Vater dankbar, dass er mich allein gehen lässt, und haste über die Straße, vorbei an den wartenden Taxis. Terminal 1. Ich muss zu Terminal 1.

Ich packe das Buch fester und fange an zu rennen. Der Weg durch das Flughafengebäude kommt mir endlos vor.

Was, wenn er nicht da ist? Was, wenn ich mich geirrt habe?

Als ich die Abflughalle erreiche, bleibe ich stehen. Ich muss verschnaufen, muss nach Luft schnappen, muss mich beruhigen. Ich atme ein paarmal kräftig ein und aus, dann geht es wieder. Mein Herz schlägt trotzdem bis zum Hals. Ich halte das Büchlein fest umklammert und sehe mich um.

So viele Menschen sind hier unterwegs. Wie soll ich in dem Gewühl Phil finden? Jemand rempelt mich an, hinter mir schreit ein Kind, eine Lautsprecherstimme ruft den nächsten Flug auf.

Unwillkürlich schieben sich die Fotos und Filme aus den Auswandererhallen in meine Erinnerung.

Abreisende Menschen, zurückbleibende Menschen, Gepäckstücke – wie sehr die Bilder sich ähneln.

Der Boden verschwimmt wieder vor meinen Augen zu wogender Gischt, ich suche nach Halt, stolpere fast und dann sehe ich ihn. Er steht ein Stück abseits der anderen Reisenden und blickt mir abwartend entgegen. Mein Herz klopft bis zum Hals, meine Gedanken überschlagen sich, das Buch rutscht mir aus der Hand. Ich sehe das Wasser, aber es kann mir nichts mehr anhaben, es kann mich nicht mehr runterziehen, ich werde nicht mehr ertrinken.

»Phil!«, rufe ich und dann laufe ich los.

»Anna!«, ruft er zurück und breitet die Arme aus.

Und dann sind da nur noch wir. Phil. Anna. Anna. Phil. Seine Lippen auf meinen Lippen. Seine Haut auf meiner Haut. Sein Herzschlag, der im Rhythmus meines Herzens schlägt.

»Und jetzt?«, flüstere ich. »Wie geht es jetzt weiter?« Dabei will ich eigentlich gar nichts sagen und jedes weitere Wort ist auch überflüssig, denn es reicht ja, dass es überhaupt weitergeht.

Phils Flug wird aufgerufen.

Irgendwo im Hintergrund steht das Rosenmädchen. Mitten unter den anderen Reisenden steht es mit seinem Blumentopf fest in beiden Händen und schaut zu mir herüber. Dann lächelt es, dreht sich um und geht.

Ich berühre Phil sanft, fahre über seine Arme, fühle seine Haut, spüre, wie seine Härchen sich aufstellen. Auch mich überläuft ein Schauer. Aber die Kälte ist weg. Da ist kein Eismeer mehr, in dem ich ertrinken werde, da ist keine Dunkelheit mehr, die mich nach unten zieht.

»Manchmal muss man sich fallen lassen, damit einen das Leben auffangen kann«, murmele ich und öffne die Augen. Ich habe noch nie verstanden, warum man sich beim Küssen nicht ansehen soll.

Phil nickt und dann versinke ich in seinem Bernstein-blick.

Und wie es so stand und gar nichts mehr hatte, fielen auf einmal die Sterne vom Himmel, denke ich und wünsche mir, dass dieser Augenblick niemals aufhört.

Port of Dreams – BallinStadt

Johanna sollte mit ihrer Familie nach Amerika auswandern. Einer der großen europäischen Seehäfen für die Auswanderer war zu Johannas Zeit Hamburg.

Zwischen 1850 und 1934 verließen rund 5 Millionen Emigranten von Hamburg aus ihren Heimatkontinent.

Um die Auswanderermassen überhaupt noch bewältigen zu können, ließ die Stadt im Hamburger Hafen Auswandererbaracken errichten. Diese standen auf dem Amerikakai und boten weder besondere Hygiene noch eine ausreichende Versorgung für die vielen Menschen, die hier auf ihre Ausreise warteten. Für die Stadt wurde die Enge zum Problem. Ständig überfüllte Quartiere, Seuchengefahren sowie Gaunereien und Betrügereien waren die Folge der unkontrollierbaren Menschenmassen, die sich ununterbrochen auf dem Amerikakai tummelten. Hier treffen wir auch Johanna, die mit ihrer Familie auf die Einschiffung wartet und sich noch einmal dem Fotografen stellt.

Als die Auswandererbaracken aus allen Nähten platzten und 1898 abgerissen werden sollten, konnte Alfred Ballin, Vorsitzender der HAPAG, endlich seine schon 1893 geplante Auswandereranlage durchsetzen.

Die Stadt stellte ihm hierfür ein 25.000 qm großes Grundstück auf der Veddel, einem Gebiet direkt an der südlichen Stadtgrenze, zur Verfügung. Hier entstand fast ein neuer eigener Stadtteil nur für die Emigranten.

Jetzt konnten die Auswanderer mit Zügen direkt an die Auswandererhallen gelangen und ohne jeden Kontakt zur Innenstadt von dort direkt zu ihren Schiffen gebracht werden.

Heute steht dort, wo einst die Auswandererhallen errichtet worden sind, das Erlebnismuseum BallinStadt, benannt nach seinem Schöpfer Alfred Ballin. In drei wiedererrichteten Gebäuden der ehemaligen Auswandererhallen auf der Veddel werden die Besucher mit der Geschichte der Auswanderung über Hamburg von 1850 bis 1938 informiert. Zahlreiche Videoinstallationen, Tondokumente, Fotos und Urkunden erzählen von dem Aufenthalt der Emigranten in den Auswandererhallen, die von ihnen auch »Hafen der Träume« — *port of dreams* — genannt wurden.

Allerdings findet man hier viel mehr als nur Zahlen und Daten. Vor allem Geschichten sind es, mit denen die Besucher in BallinStadt konfrontiert werden.

Geschichten über Träume und Hoffnungen, über Verluste und Neubeginn.

Mehr über die Auswandererhallen BallinStadt erfährt man unter www.ballinstadt.de.

Die Cimbria:

Das Dampfschiff *Cimbria* hat es tatsächlich gegeben. Als sie am Nachmittag des 17. Januar 1883 zu ihrer verhängnisvollen Reise aufbrach, hatte die *Cimbria* bereits etliche Seemeilen hinter sich und galt im Vergleich zu den früheren Segelschiffen als sehr sicher. In der Nacht vom 18. auf den 19. Januar kollidierte die *Cimbria* mit dem englischen Dampfer *Sultan*.

Das Bullauge:

Das Bullauge aus dem Wrack der *Cimbria* kann im Auswanderermuseum *BallinStadt* besichtigt werden. Es befindet sich in einem Stück Bordwand der *Cimbria*. Laut Museumsangaben haben Auswanderer während einer Überfahrt ihren Namen hineingeritzt. Über das Schicksal dieser Personen ist leider nichts bekannt.

Die Personen:

Sämtliche Personen in meinem Roman sind frei erfunden. Ähnlichkeiten mit lebenden Personen sind rein zufällig. Zwar gibt es auch Passagierlisten der *Cimbria*, diese habe ich aber bewusst nicht verwendet.

Nicht erfunden ist die Liebe. Sie gibt es wirklich. Nur muss man sich manchmal – so wie Anna – erst fallen lassen, um sie zu finden.

Quellenverzeichnis:

»Port of Dreams, BallinStadt. Das Buch zum Auswanderermuseum BallinStadt Hamburg.« Betriebsgesellschaft BallinStadt mbH, www.ballinstadt.de

S. 5: Brüder Grimm. »Schneeweißchen und Rosenrot« *Kinder- und Hausmärchen.* <http://gutenberg.spiegel.de/buch7018/165>

S.9: Friedrich Wilhelm Riese. »Martha, oder: Der Markt zu Richmond« <http//:gutenberg.spiegel.de/buch/5226/3>

S.20: Schiffsdaten der Cimbria aus: P. Balters und K. Köhle. Auf dem Weg in die „Neue Welt" ... der Untergang des Auswanderer-Dampfers „Cimbria". Witten, Ruhr.

S. 63: Stefan George. »Rosen.« *Der Siebente Ring,* 6. Berlin, 1922, S. 141.

S. 70: Angelus Silesius. »Ohne Warum.« *Der Cherubinische Wandersmann.* <http://gutenberg.spiegel.de/buch/3776/6>

S. 80: Moritz von Strachwitz. »Die Rose im Meer.« *Der Fahnenträger.* Hamburg, ca. 1935, S. 152

S. 84: Johann Wolfgang von Goethe. »Heidenröslein.« *Gedichte: Ausgabe letzter Hand.* <http://gutenberg.spiegel.de/buch/7129/7>

S. 98: Sidonie Grünwald-Zerkowitz. »Tote Blumen.« *Das Gretchen von heute.* Wien, 1890, S. 152

S. 125: Wilhelm Müller. »Die Liebesrose.« *Gedichte von Wilhelm Müller: Zweites Bändchen.* Herausgeg. von Gustav Schwab. Leipzig, 1837, S. 426.

S. 104 und 140: Nikolaus Lenau. »An die Entfernte.« *Neuere Gedichte.* <http://gutenberg.spiegel.de/buch/142/5>

S. 152: Wilhelm Hauff: »An Emilie.« *Gedichte.* <http://gutenberg.spiegel.de/buch/3789/15>

S. 163: Friedrich Rückert. »Du bist die erste Rose.« *Kindertodtenlieder.* <http://gutenberg.spiegel.de/buch5068/352>

S. 173: Richard Dehmel. »Wellentanzlied.« <http://gutenberg.spiegel.de/buch/1733/19>

S. 179: Niklaus Lenau. »Welke Rose.« <http://gutenberg.spiegel.de/buch/142/12>

S. 189: Friedrich Halm: »Buch und Rose.« Werke: *Erster Band Gedichte.* Wien, 1856, S. 247

S. 201: Christian Friedrich Hebbel: »Verloren und gefunden.« <http://gutenberg.spiegel.de/buch/2662/201>

Jutta Wilke wurde 1963 in Hanau geboren. Sie studierte Jura in Frankfurt/Main und arbeitete 12 Jahre als Fachanwältin für Familienrecht, bevor sie ihrem Herzen folgte und die Robe endgültig an den Nagel hängte. Heute ist die fünffache Mutter Schriftstellerin, Buchhändlerin und gibt Kurse im kreativen Schreiben. Ihre Bücher schreibt Jutta Wilke am liebsten am Küchentisch, der abwechselnd in Hanau und in Weimar steht.

Mehr über Jutta Wilke
www.juttawilke.de

oder auf Instagram
@juttawilke_autorin